멀리도 가까이도
느긋한 여행

마스다 미리 여행 에세이 · 이소담 옮김

북포레스트

아오모리

사메역

심플하다~

역 이름이 사메. (상어라는 뜻 -옮긴이)

사메역 앞에는 사진 명소로 상어가.
크리스마스를 앞두고 상어도 트리처럼 전구를 달았다.

스타워즈다.

다네사시 해변. 마치 〈스타워즈: 깨어난 포스〉의 무대 같다.
언젠가 여기에서 영화를 찍어줬으면….

고치

고치 명물
모자빵

모자의 챙을 좋아해요.

몇 번을 와도 기분 좋은 가쓰라하마 해변.
여기에서 밤처럼 생긴 돌을 주웠다.

사카모토 료마 라테아트.

후쿠시마

편하다~

스파 리조트 하와이안즈의 수영장. 천장이 높아서
밖에 있는 것 같다. 훌라 걸의 쇼도 멋진 볼거리.

훌라 걸

가루이자와

만페이 호텔의
애플파이

상쾌하다~

하루니레 테라스. 색색의 우산으로 장식했다.
초여름의 우산 하늘.

2024년에 창업 130년을 맞이한
클래식 호텔 '만페이 호텔'.
카페의 로열 밀크티는 존 레넌도
좋아했다고.

지바

외국에
여행 온 것
같아.

객실 창문으로 본
한밤중의 디즈니씨

호텔 파라디조 사이드의 항구 뷰 객실에
숙박. 한밤중에 본 프로메테우스 화산은
진짜 화산 같았다….

하코다테

먹고 싶은
음식을 위해
걸어다니다

저벅
저벅

하코다테 언덕길에서
바다를 바라보다.

맛
있
어
~

'우니 무라카미'의 무첨가
성게 덮밥. 성게 그 자체의 맛!

'롯카테이 고료카쿠점'에서 먹은
'꽃목걸이'. 생크림을 얹어준다.

오키나와

고양
이다~

안
녕

나하 공항 국제선 터미널에 있는
'파스타코'의 타코. 한 개부터 주문할 수 있다.
바삭함과 촉촉함 사이의 절묘한 토르티야!
살사 소스를 뿌려서.

카타아게포테이토 시콰사 맛. 새큼한 맛에
중독된다. 내가 먹으려고 몇 개나 샀다.

오사카

우동...

가끔 너무너무 먹고 싶어져.

551 호라이 본점 레스토랑에서 먹은 명물 고기만두.

난바의 밤. 도톤보리강을 다니는 유람선. 네온사인이 반짝반짝. 게임 속 세상에 들어온 것 같다.

나라

'요시노쿠즈 사쿠라'의 구즈모찌. 차갑고 탱탱하고 매끈매끈! 콩가루나 흑밀을 뿌려서.

점심으로 먹은 감잎 초밥 세트

히라소

구라시키

새하얀 벽이 이어지는 거리. 밤이면 강변에 불이 켜진다.

구라시키강을 배로 느긋하게. 구리시키에 도착하면 우선 관광안내소에서 티켓 확보.

 시작하며

왠지 지쳤다는 생각이 들 때.

그럴 때 익숙하게 찾아가는 여행지가 있으면 좋다.

그 길을 산책하고

그 카페에 들르고

밤에는 호텔 침대에서 조용히 잠들자.

가본 적 없는 곳으로 여행을 떠나고 싶을 때.

이럴 때의 설레는 기분도 좋은 법이다.

시시한 여행은 없다,

분명히 무언가로 가득 채워진다.

가까이도 멀리도 유유히.

2016~2024년의 느긋한 여행 기록입니다.

마스다 미리

* 여행 정보는 당시 기준입니다.

2016

나가노·우에다

구루미 소바를 먹다

초여름 신슈, 우에다로 여행을 떠났다.

도쿄에서 신칸센을 타고 약 한 시간 반. 첫날은 우에다역에서 우에다전철 벳쇼선을 갈아타고 벳쇼 온천에 갔다. 산자락에 둘러싸인 포근한 온천 거리다. 역에서 받은 관광 지도를 들고 느긋하게 사찰을 둘러보며 숙소로 갔다.

안라쿠지의 팔각삼중탑은 이름 그대로 팔각형 탑인데,

목조로는 일본 전국에 하나뿐인 국보라고 한다. 가만히 바라보는데 문득 내가 좋아하는 사당이 생각났다. 후쿠시마현에 있는 아이즈 사자에도다. 빙글빙글 돌아가는 소라처럼 생겨서 귀여운 사당이다. 이쪽은 육각형에 삼 층이다. 아담한 사당인데 올라갈 때와 내려갈 때 사용하는 통로가 달라서 올라가는 사람과 내려가는 사람이 만나지 않는다. 그야말로 평행세계. 안라쿠지의 팔각삼중탑은 안에 들어갈 수는 없는데, 외관 분위기나 세워진 자리의 느낌이 사자에도와 비슷했다.

조라쿠지라는 사찰에도 들렀다. '미후네(거대한 배)의 소나무'라고 불리는 소나무가 있었다. 지면을 기어가는 것처럼 옆으로 넓게 퍼진 모습이 이름대로 거대한 배 같다. 조라쿠지 근처, 전망 좋은 찻집에서 잠시 휴식. 말차와 매실 양갱을 먹으며 신록을 감상했다. 찻집 점원이 말하기를, 여기 우에다는 겨울에 눈이 거의 오지 않는다고 한다.

숙소에 도착해 짐을 두고 곧바로 외부 욕탕 순회에 나섰다. 유카타(목욕 후나 축제 때 입는 홑겹 기모노 - 옮긴이)로 갈아입고 동네 사람들도 이용하는 온천(목욕탕)에 갔다. 가는 길에 유카타 차림의 젊은 커플과 마주쳤다. 유카타 허리끈을 쫙 조인 여자의 허리는 내 머리둘레 정도로 가늘었다. 남자는 키가 크고 유카타 자락 사이로 다리가 길쭉하게 뻗었다.

손을 꼭 잡은 모습이 즐거워 보였다. 하기야 얼마나 즐거울까. 귀여운 광경이었다. 커플은 내가 바라보는 줄도 모르고 옆을 지나갔다.

내가 똑똑히 지켜봤어, 하고 생각했다. 저 젊은 커플은 그리 머지않은 미래에 갈라설지도 모른다. 그래도 지금, 이 순간의 너희는 영원하단다.

고등학생 때, 좋아하는 남학생과 우연히 역까지 단둘이 걸어간 적이 있었다. 북적이는 상점가를 걸으며 드문드문 나눴던 대화. 역에 도착해 "그럼 잘 가"라고 말하고 헤어졌다. 두 번 다시 그렇게 우연히 만나는 일은 없었다. 그래도 그때 우리는 지나가는 사람에게 사귀는 사이로 보였으리라.

5분이라도 연인 사이였으면 만족해. 그렇게 생각하며 일기장에 '5분간의 연인'이라는 시를 쓰기도 했다. 청춘이네!

벳쇼 온천, 초여름 해 질 무렵. 숙소에 돌아와 빈둥거렸다.

둘째 날은 우에다전철 벳쇼선을 타고 우에다역까지 돌아가서 시나노철도로 갈아타서 고모로역에 갔다.

고모로 거리에는 에도부터 메이지 시대에 걸쳐 오래된 건물이 지금도 남아 있고, 고모로 성터는 '가이고엔'이라는 이름의 넓은 공원이 되었다. 공통권을 사면 인접한 동물원에도 들어갈 수 있다.

자, 우선은 점심을 먹어야지. 신슈라면 역시 소바, 즉 메밀국수다. 관광안내소에서 알려준 곳 중 하나인 '초지안'이라는 가게까지 산책 삼아 걸어갔다.

걸어서 10분쯤 걸려 가게에 도착했다. 초지안에 비치된

책자를 보니 '150년 역사를 자랑하는 느티나무 건물'이라고
한다. 구루미(호두) 소바를 주문했더니 작은 절구에 호두가
담겨 나왔다. 그걸 자기 취향대로 갈면 된다. 거기에 소바
장국을 따르고 면을 찍어 먹는 방식이었다. 술술 잘도 넘어
가는 소바 면발과 구수한 호두 장국! 호두 장국은 달짝지근
한 계열이 많은데, 여긴 호두를 생으로 써서 그런지 산뜻하
고 맛있었다.

고모로는 소설가이자 시인 시마자키 도손이 젊은 시절
에 살던 거리여서 도손이 사용하던 우물이나 다니던 식당,
아내와 걷던 길이 가이드북에 명소로 실려 있다. 가이고엔
의 '도손 기념관'에는 고모로에 살던 시절 중심의 작품과 자
료가 전시되어 있다.

그중에 도손이 만든 카루타(일본의 놀이용 카드. 시 같은 문
구가 적힌 카드를 보고 그다음 문구가 적힌 카드를 맞히는 방식 – 옮
긴이)가 있었는데, 거기 적힌 글이 아주 좋았다.

호	별(호시)까지 높이 날아라
치	어릴(치이사이) 때부터 있었던 것은 커서도 있다
무	가슴(무네)을 열어라

이걸 큰 소리로 읽으면 얼마나 기분 좋을까? 카루타 그림을 그린 사람은 만화가 오카모토 잇페이. 예술가로 유명한 오카모토 다로의 아버지다.

고모로성은 성에 딸린 마을보다 낮은 위치에 있어서 '구멍 성'이라는 별명이 있다. 정말로 성에 서서 올려다보니 주택가가 저 위에 있었다. 그 너머는 산이었다.

적에게 공격받기 쉬운 위치 같은데? 그런데 실제로는 성 뒤쪽이 단애 절벽이었다. 절벽 위에 세워진 성이다. 전망도 좋아서 느릿느릿 흘러가는 지쿠마강을 느긋하게 바라보았다.

성이나 성터에서 경치를 둘러볼 때면 다들 그 당시 무장의 시선이 되어 바라볼까? 나는 된다. '풍경 한번 멋지구려' 하고 속으로 중얼거리고 고개를 끄덕인다.

마지막 날은 우에다 관광.

우에다 거리는 대하드라마 〈사나다마루〉 촬영지 분위기가 여전히 있어서 빨간 깃발이 높이 서 있었다. 역 기념품 가게에는 사나다 가문의 문양인 육문전六文錢 즉 여섯 푼 동전 무늬의 과자가 놓였고, 육문전 토트백, 육문전 부채 등등 육문전 동전 관련한 굿즈가 가득했다.

역 근처에서 무료 자전거를 빌리고 자외선 대책을 잘 세운 다음에 자, 출동이다.

중요 문화재인 실 공장, 영화 〈이누가미 일족〉 촬영지, '이케나미 쇼타로 사나다 태평기관' 등을 둘러보았다.

점심은 이번에도 소바. 소설가 이케나미 쇼타로가 다녔다는 가게 '카타나야'에 갔더니 날이 더운데도 줄이 길게 서 있었다.

으음, 그렇다면 다른 가게에 가려고 간 곳이 〈출몰! 아도 마치 천국〉이라는 방송의 우에다 특집에서 소개된 '구사부에'였다.

역에서 머니까 덜 붐비지 않을까?

희망을 걸었지만 여기도 사람이 많았다. 가게 안에 대기 공간이 있어서 기념품을 구경하고 기술자들이 면을 만드는 모습을 지켜보았다. 20분쯤 기다려 자리로 안내받아 차가운 소바와 튀김 단품, 호두 오하기(멥쌀과 찹쌀을 섞고 팥소나 콩가루 등을 묻혀 둥글게 만든 떡 - 옮긴이)를 먹었다. 소바의 양이 많아 아무리 먹어도 줄어드는 것 같지 않았다.

다시 자전거를 타고 우에다 성터 공원으로.

〈사나다마루〉 대하드라마 전시관을 구경하고 우에다 시립박물관도 다녀왔더니 역사를 잘 모르는 나에게도 '사나다'의 개요가 어렴풋이 보였다.

사나다 부자 삼대가 도쿠가와와 도요토미 양쪽으로 나뉘는 협의를 했다는 '견복의 작별'. TV에서도 자주 소개되는 그림(사나다 부자 견복밀담도)이 우에다 시립박물관에 전시되었다. 사토 세쓰도라는 사람이 1958년에 그렸다고 한다. 기념품 가게에 해당 그림의 엽서가 있어서 기념으로 두 장 샀다. 언젠가 때가 맞으면 누군가에게 보낼 생각이다.

좋아, 중요한 곳은 일단 쭉 둘러봤다.

그러니 돌아가는 신칸센에서 먹을 간식을 물색하며 역으로 돌아왔다. 천연 효모 빵집에서 땅콩 베이글과 포도빵. 감자 버터구이는 역 구내에서 샀다. 마지막으로 시원한 사과주스를 사서 우에다 거리에 작별을 고했다.

어릴 때부터

있었던 것은

커서도
있다.

시즈오카 · 하마마쓰

하마마쓰 만두 여행

중앙에
숙주가?

시즈오카현 하마마쓰는 장어가 유명한데, 만두도 유명하다고 한다. 잡지에 실린 만두 특집을 읽다가 하마마쓰 만두라는 단어가 눈에 띄었다.

먹고 싶다. 만두 좋아해.

갈 수밖에 없지. 그리하여 하마마쓰 만두를 먹는 여행을 떠났다.

도쿄에서 신칸센 고다마를 타고 느긋하게 하마마쓰에. 정오를 지나 도착해 신칸센 개찰구를 나가려는데 아름다운 피아노 선율이 들렸다. 둘러보니 그랜드피아노를 치는 남성이 있었다.

사실 하마마쓰는 악기의 거리로도 유명하다. 야마하나 가와이 같은 악기 브랜드가 있고 하마마쓰시 악기박물관까지 있다. 역 구내에는 가와이 그랜드피아노가 전시되어 자유롭게 칠 수 있었다.

신칸센을 기다리는 사람일까, 아니면 나처럼 지금 막 도착했을까. 남성은 마음을 담아 건반 위에서 손가락을 움직였다. 무슨 곡인지는 모르나 실력이 좋다는 것은 알겠다.

대단하다, 사람이 이렇게 많이 다니는 곳에서 당당하게 연주할 수 있는 저 실력!

푹 빠져서 귀를 기울였는데 그가 치는 피아노의 가격표가 보였다.

370만 엔?

나도 쳐보고 싶다.

40세가 되면서부터 배우기 시작한 피아노. 지금 해보지 않으면 언제 하겠나.

저 사람이 끝나면 조금만 쳐보려고 기다렸는데, 그의 연주가 좀처럼 끝나지 않았다. 하긴 저 사람도 370만 엔짜리 피아노니까 당연히 치고 싶을 것이다.

피아노가 전시된 곳 바로 옆 스타벅스에서 대기했다. 커피를 다 마실 즈음 피아노가 비었다.

좋아, 치자.

부리나케 걸어갔더니 담당자가 피아노를 닦고 있었다. 알고 있으면서 은근슬쩍 말을 걸었다.

"이 피아노, 한번 쳐봐도 되나요?"

"그럼요."

의자에 앉아 살짝 건반을 건드려보았다.

눌러본다. 소리가 난다. 아름답다.

피아노 학원에서 쓰는 피아노와 뭐가 다른지 정확하게

는 몰라도 370만 엔이라고 생각하니 소리가 몹시도 아름답게 들렸다. 유일하게 악보 없이 칠 수 있는 짧은 곡을 연주했다. 자신 없어서 음량은 작았지만,

'이건 내 첫 리사이틀이야.'

라고 망상하며 연주를 마쳤다. 긴장해서 손가락이 경직되었지만 멋진 기념이 되었다. 하마마쓰 여행은 바흐로 시작되었다.

하마마쓰의 명과 슌카도의 장어 파이.

장어 파이는 맛있다. 각별하게 좋아하는 과자라고 해도 될 정도다. 보통은 선물로 받는다.

어렸을 때, 선물 받은 장어 파이를 가족과 나눠 먹으면서,

'한 상자를 다 먹고 싶다.'

라고 생각했던, 동경심이 담긴 과자다.

가이드북을 들춰보는데 하마마쓰에 장어 파이 공장이 있다는 것이다. 공장 견학도 가능하다. 모처럼 왔으니 가보기로 했다.

JR도카이도 본선을 타고 하마마쓰 옆 다카쓰카역으로. 역에서 공장까지 택시를 타면 왕복 약 4천 엔이다. 제법 돈을 써야 했다. 공장 견학은 무료였다.

접수처에서는 방문 기념이라면서 다짜고짜 장어 파이를 선물했다. 얼떨결에 장어 파이를 들고 공장을 견학했다.

컨베이어 벨트에 구워지기 전인 파이 반죽이 흘러갔다. 아직 부풀지 않아서 가늘고 짤막했다. 그것이 오븐을 통과하면 통통하게 부풀어 익숙한 장어 파이 크기가 되는 것이다.

공장 전체를 위에서 내려다보는 곳이 이 시설의 최대 하이라이트였다. 구워진 장어 파이 무리가 하나하나 기계로 포장되고, 사람 손을 거쳐서 상자에 담긴다.

과자가 잔뜩 흘러가는 광경을 보면 즐겁다. 전에 홋카이도에서 '시로이코이비토' 공장 견학을 간 적 있는데, '시로이

코이비토'가 흘러가는 광경도 즐거웠다. 오직 과자를 운반하는 목적으로 만든 기계가 이 세상에 존재한다는 사실은 언제나 두근거린다.

장어 파이 공장 안에 있던 세련된 카페에도 들렀다.

'우마키(장어 계란말이-옮긴이)' 모양을 흉내낸 디저트와 말차를 먹으며 휴식. 크레이프 안에 잘게 자른 장어 파이와 크림과 바나나가 들어 있는 음식인데, 제법 맛있었다.

조명에 장어 파이 모형이 대량으로 붙어 있었다. 언뜻 보면 전혀 장어 파이 같지 않고 작은 그루터기처럼 보였다. 북유럽풍 숲속 느낌의 조명 같았다.

옆을 지나가는 점원에게 말을 걸었다.

"이 카페에 조명 이외에도 장어 파이가 숨어 있나요?"

그러자 숨어 있다고 했다.

"힌트는 저예요."

그 말을 듣고 점원을 살폈는데, 기하학무늬라고 생각했던 앞치마가 장어 파이 무늬였다. 철저하네.

공장 견학을 마치고 출구로 가자 당연히 기념품 가게가 있었다. 장어 파이 시식 코너도 있었고 고급 '장어 파이 V.S.O.P'도 계속해서 추가되었다. 나도 그렇고 다들 기다렸다는 듯이 야금야금 먹었다. 어린 시절의 꿈이 이루어진 기분이었다.

아아, 달콤한 것은 행복이야!

이제 매운 걸 먹어야지.

다카쓰카역으로 돌아가는 택시에서 하마마쓰 만두에 대한 기대가 커져만 갔다.

하마마쓰에서 택시를 네 번 탔는데, 택시 운전사에게 공통점이 있었다. 어째서인지 모두 이렇게 말했다.

"하마마쓰는 볼 게 아무것도 없지요."

그러면 나로서는,

"하마마쓰 호수도 있고 하마마쓰성도 있잖아요?"

라고 대답하게 된다. 그러면,

"하마마쓰성은 그냥 부잣집 저택 정도 크기 아닙니까."

라는 말이 돌아온다. 게다가,

"악기의 거리라는데 이건 별로 유명하지도 않죠?"

이렇게 연타를 가한다.

하마마쓰 호수, 하마마쓰성, 악기, 장어, 장어 파이. 이렇게나 있으면 얼마든지 자랑해도 될 텐데 굉장히 겸손하다.

그러나 하마마쓰 만두가 화제에 오르면 열정적이다.

"나는 그 가게 말고는 절대 안 갑니다."

라든지,

"지금부터 말하는 네 군데 말고는 인정 못 해요."

라면서 가게를 알려주었다.

오후 4시 30분. '무쓰기쿠'라는 오래된 만둣집에 갔다. 잡지에서 보고 가려고 꼽아뒀던 가게다. 하마마쓰역에서 가까운데, 5시부터 오픈인데도 벌써 긴 행렬이 생겼다.

오픈과 동시에 우르르 가게 안으로 들어갔다. 줄을 선 사람이 많아서 추가 주문은 기본적으로 안 되는 것 같았다. 그러니 배가 고픈 사람은 '너무 많이 시켰나?' 싶게 주문하는 편이 좋다.

프라이팬 모양으로 둥글게 배열해 굽는 것이 하마마쓰 만두의 특징이라고 한다. 중앙에는 데친 숙주가 있다. 이것도 특징이다.

'무쓰기쿠'의 만두는 한입에 덥석덥석 먹을 수 있게 자그마했다. 먹어보고 놀랐다. 처음 먹어보는 식감이었다. 양배추를 믿을 수 없이 가늘게 썰었다. 만두피 안에서 사르르 녹을 것만 같을 정도로. 만두소가 대부분 잘게 썬 양배추여서 거의 샐러드 같은 감각이다. 어찌나 맛있던지 영원히 먹고 싶었다……. 가게에서 나오자 줄이 훨씬 더 길어졌다.

이후로 만둣집을 두 군데 더 들르고, 다음 날 신칸센을 타기 전에 또 한 곳을 찾아갔다. 택시 운전사가 추천한 가게도 포함해 총 네 군데에서 먹었다. 마늘을 듬뿍 넣은 가게도 있고, 양배추를 큼직큼직하게 썬 가게도 있었다. 어느 가게나 저마다 다 맛있었다. 그러니 이것이 결론.

군만두는 아무리 먹어도 질리지 않아!

선물로 냉동 만두도 사 왔다지요.

장어 파이
공장을
견학할 때

장어 파이
시제품이
전시되어
있었는데요.

꼬치형
장어 파이도
검토했었나
봅니다.

아오모리 · 하치노헤

서점, 아침 시장, 스타워즈

아침 시장의
커피

꼭 꿈을 꾸는 것만 같았다.

혹은 현실 세계에서 이야기 세계 속으로 빠져든 것 같다.

아오모리현 하치노헤의 거대한 아침 시장에 관해서 어딘가에서 읽은 적이 있다. 가보고 싶어서 연말, 춥지만 가보자고 여행에 나섰다.

하치노헤에서는 아침 시장 말고도 노리는 게 또 있었다.

서점이다. 재미있는 서점이 있다고 한다.

도쿄역에서 신칸센을 타고 하치노헤에.

호텔에 짐을 두고 곧장 서점을 찾아갔다. 번화가는 역에서 조금 걸어야 한다. 북적이는 거리에 '하치노헤 북센터'가 있었다.

안으로 들어갔다. 분위기 좋은 카페도 있었다. 커피를 마시며 책을 찾을 수 있었다. 1인용 의자가 기둥에 볼록하게 달려 있기도 했는데, 마치 나무에 자란 버섯 같았다. 앉아 보니 왠지 즐거웠다. 우리 집에 이런 공간이 있으면 좋겠다고 생각하며 구경하는데, 이 서점에는 해먹까지 있었다. 서가 사이에 쏙 들어가도록 매달려 있었다.

당연히 앉아 보았다. 해먹에 앉아 흔들흔들하며 손이 닿는 곳에서 책을 한 권 뽑았다. 줄리언 반스의『예감은 틀리지 않는다』라는 책이었다.

카페에서 차를 주문했다. 대략 한 시간쯤 머물렀을까. 기분 좋은 서점이었다.

아오모리 · 하치노헤

저녁은 그 근처 고등어 요리 전문점 '사바노에키'에서. 명물인 고등어 요리를 다양하게 먹고 '고등어 샌드위치'도 포장했다. 호텔에서 먹을 야식용이다.

다음 날 아침.

그러나 해 뜨기 전이어서 아직 밤의 세계다.

아침 시장으로 가는 버스를 탔다. 정말로 깜깜했다. 아침 시장이 열리기는 하나 불안해졌다. 300점포나 되는 노점이 항구에 선다고는 믿기지 않을 만큼 인적이 없는데……. 그래도 15분쯤 지나자 빛이 가물가물 보였다. 이때부터 '꿈을 꾸는 것만 같고, 이야기 세계에 빠진 듯한 심정'에 사로잡혔다.

매주 일요일, 이른 아침 한정으로 서는 다테하나 간페키 아침 시장. 어둠에 떠오른 노점의 빛. 거기에서 피어나는 따뜻해 보이는 하얀 수증기. 어쩜, 환상적이다.

버스에서 내려 시장으로 들어갔다. 이런저런 먹거리를 파는 가게, 생선이나 채소를 파는 가게. 오뎅과 라면을 파는 노점도 있었다. 갓 내린 커피의 향, 튀김 냄새.

대체 어디에서 나왔어요?

이렇게 묻고 싶을 정도의 인파. 일주일 후면 새해다. 연말연시 장을 보느라 이 지역 사람들도 들떠 보였다. 음식을 사 먹고 선물이며 간식이며 사과 등 이것저것 샀다. 이미 호텔에서 택배로 보낼 마음이 한가득이다.

하얀 김을 내쉬며 노점을 구경하는데, 어느새 태양이 고개를 내밀었다.

겨울의 아침 시장도 좋구나.

호텔로 돌아와 잠깐 쉬고 오후에는 다네사시 해변을 찾았다. 태평양이다! 바람이 강하지 않아서 해변을 느긋하게 걸었다. 그러다가 어디서 본 듯한 풍경과 만났다.

여기 아는데. 뭐더라?

그래, 〈스타워즈: 깨어난 포스〉 마지막에 나온 그 바위섬이다. 그럴싸하게 보이는 구도로 사진을 두 장 찍었다.

서점, 아침 시장, 스타워즈.

볼거리 가득한 하치노헤 여행이었다.

동트기 직전.

깜깜한 세상,
버스를 타고
아침 시장에
갔다.

밝은
밤이네.

얼마간 갔더니
저 멀리 아침 시장의
불빛이 보였는데

아름다워서
울 것만
같았습니다.

고치

왠지 대단한 사와다 맨션

이나카즈시
예쁘다~

    고치 료마 공항에 내리자 인형 탈이 환영해주었다. 가다
랑어를 머리에 얹은 지역 마스코트가 "우리 같이 사진 찍어
요"라는 제스처를 하며 관광객을 반겼다. 가슴에는 '마치 유
키군'이라는 이름표.

    곁에 선 여성 스태프 무리가 굉장히 명랑했다. 가다랑어
모자를 관광객에게 쓰라고 권하고 기념사진을 찍었다.

여행지에서 대대적인 환영을 받으면 기분 좋은 법이다. 역시 고치, 참 좋다. 오랜만인 고치 여행의 막이 열렸다.

정초부터 고치에 간다고 정해둬서 비행기 항공료도 도쿄에서 왕복 2만 엔 정도에 확보했다. 숙소는 비즈니스호텔이어서 황금연휴 중인데도 금액이 적정했다.

일단 호텔에 짐을 두고 제일 먼저 '요코야마 류이치 기념 만화관'에.

요코야마 류이치 씨는 4컷 만화 「후쿠짱」의 작가이다. 전에도 여기에 온 적이 있는데, 공들인 전시여서 그림을 많이 볼 수 있어 좋았다.

작업실도, 자택에 마련한 바도 재현했다. 자택 바에는 작가 가와바타 야스나리도 놀러 왔다고 한다. 게다가 요코야마 씨는 재미있는 수집벽이 있는데 '가와바타 야스나리의 담석'까지 전시되어 있어서 웃고 말았다.

'요코야마 류이치 기념 만화관' 다음으로 아케이드가 긴 상점가를 느긋하게 걸어 '히로메 시장'에 갔다.

'히로메 시장'은 말하자면 무지하게 큰 포장마차 골목. 음식점이 즐비한데 거기에서 산 음식을 공유 푸드 코트에서 먹는 시스템이다.

인파가 대단했다. 만원 전철 못지않게 사람 많은 통로를 느릿느릿 걸으며 양 사이드 음식점의 진열대를 살폈다.

봄의 고치라면 만물 가다랑어다. 신선한 가다랑어 다타키가 진열되었고, 그밖에 시만토강의 파래김 튀김, 갓 지은 도미밥 등등 전부 다 맛있어 보였다.

문제는 자리다. 음식을 사더라도 자리가 없으면 먹지 못한다. 일단 자리 확보가 급선무다.

거의 다 먹은 것 같은 테이블을 매의 눈으로 노려보는 사람들이 가득했다. 지지 않으려고 온 신경을 집중해 사람들 움직임을 살폈다. '아, 저기 비었다!' 하고 달려갔을 때는, 카루타 놀이를 하는 손놀림처럼 엄청난 속도로 다른 사람에게 그 자리를 빼앗겼다.

'히로메 시장'을 20분 정도 빙글빙글 돈 끝에 간신히 빈

자리를 확보했다.

"내가 먼저 다녀올게."

동행한 남자친구에게 자리를 지키라고 하고 식량 조달. 가다랑어 다타키를 사고 인기 있는 만둣집에서 만두 2인분을 주문했다. 주문하면 한 시간쯤 걸린다는데, 자리를 대략 알려주면 가져다준다고 한다.

다음으로 모자빵도 샀다. 밀짚모자 모양의 빵으로 맛은 멜론빵 친구 같은 느낌? 이것도 고치 명물이다.

자리를 확보해서 마음에 여유가 생겼다. 역시 사람에게는 기반이 될 것이 필요하다. 하이볼을 사서 건배하고 테이블에 늘어놓은 음식을 야금야금 먹었다.

"잠깐 보고 올게."

순서대로 시장을 둘러보고 맛있는 음식을 장만해 오는 즐거움이란!

한 시간이 지나 자리까지 배달 온 만두는 갓 구워서 바삭바삭하고 냄새도 맛있었다. 나중에 알아보니 지역에서도 유명한 가게였다.

　해가 지기도 전에 배가 부른 바람에 저녁은 이걸로 됐다 싶었던, 저렴하게 해결한 첫날이었다.

　고치 여행 둘째 날.

　버스 일일 승차권을 이용해 고치 시내의 주요 관광명소를 둘러보았다.

　먼저 가쓰라하마 해변. 예전에 두 번 온 적이 있는데, 몇 번을 와도 기분 좋은 곳이다.

　사카모토 료마의 훌륭한 동상도 서 있다. 마침 이벤트가 열려서 특설 전망대에 올라가면 료마 동상 머리 높이까지 가까이 접근할 수 있었다. 100엔이어서 당연히 올라갔다. 가까이 접근했다. 료마 동상은 탁 트인 태평양을 똑바로 응시하고 있었다.

잠시 해변을 산책했다. 모래사장에서 재미있게 생긴 돌 찾기를 시작하면 멈추지 못하겠다. '밤'과 똑같이 생긴 돌을 발견했다. 그렇다고 뭐 어쨌다는 건 아닌데 괜히 기쁘다.

　새롭게 리모델링한 사카모토 료마 기념관에도 들렀고, 다음으로 주유 버스를 타고 '마키노 식물원'에 갔다.

　여긴 식물원이 아니라 거뜬히 산 같은 느낌이어서 개인적으로 굉장히 좋아하는 식물원이다.

　식물 하나하나에 이름표가 달려 있었다. 평온한 마음으로 느긋하게 둘러보았다.

　장미꽃이 피었다. 소중하게 돌봄 받았을 장미 옆에 민들레가 저 혼자 알아서 피었다. 민들레에는 민들레다운 아름다움이 있어서, 장미 같지 않은 나 자신을 투영하며 감동에 잠겨 바라보았다.

　마키노 식물원 온실에는 인공 폭포도 있는데 박력이 대단하다. 물에 뜬 큰가시연꽃은 고양이 정도라면 올라가도 될 정도로 연잎이 튼튼하다고 한다.

식물원 매점에 들렀는데 식충식물 화분이 있었다. 그걸 부부 한 쌍이 살지 말지 고민하고 있었는데, 아내의 '사고 싶은' 마음이 더 높아 보였다. 매일 벌레를 줘야 하나? 이런 저런 상상을 했다.

버스를 타고 시내로 돌아와 밤에는 스스럼없이 들어가기 좋은 편한 술집에 갔다. 술집에 감자샐러드가 있으면 보통 주문한다. 감자샐러드의 양과 가격으로 다른 메뉴의 분위기를 짐작할 수 있는 면도 있는데, 단순히 좋아서 시키기도 한다.

감자샐러드는 500엔이었고 아주 작은 접시에 나왔다. 이 가게는 단품 요리의 양이 적은 편인가. 요리를 많이 주문하는 편이 좋을지도.

그런데 이번에는 감자샐러드 기준이 맞지 않았다. 감자샐러드 이외에 '가다랑어 소금 다타키' '으깬 어육 마늘 튀김' '소라노미 튀김'은 전부 양이 넉넉했다. 참고로 소라노미란 마늘종이다. 마무리로 시킨 '도사마키'는 가다랑어 김밥인데 열 점이나 담긴 접시가 나왔다.

종일 걸어서 지쳤지만 소화를 시키지 않으면 잠을 잘 수 없을 것 같아서 밤의 아케이드 상점가를 이리저리 오갔다.

관객들에 둘러싸여 노래하는 청년을 여럿 보았다.

길에서 노래하는 사람의 모습은 무언가를 굳게 믿는 사람의 모습이다.

열심히 해요! 이런 응원의 밤을 보내며 걷고 또 걸었다.

시내를 달리는 노면전차.
호빵맨 작가 야나세 다카시 씨는 고치 출신.

고치에는 일요 시장이 선다. 일요 시장이란 채소나 반찬, 빵, 분재 등 다양한 물건을 파는 가게가 서는 노천 시장이다. 시장의 길이가 약 1킬로미터. 주전부리를 사 먹는 기쁨을 누리며 쇼핑할 수 있는 즐거운 길거리 시장이다.

시장은 이른 아침부터 해 질 때까지 열지만, 다 팔린 가게는 문을 닫으니까 오전 중에 찾아갔다. 이것저것 사 먹을 예정이니 당연히 아침은 패스했다.

명물인 갓 튀긴 '이모텐'은 고구마튀김이다. 줄이 길었는데 솜씨 좋게 튀겨서 오래 기다리지 않는다. 튀김옷이 달콤한 이모텐은 바삭하고 부담이 없어서 마음을 든든히 다잡지 않으면 영원히 먹을 것 같다…….

'이나카즈시'도 여기저기에서 팔았다. 시골 초밥이라는 뜻인 만큼 양하 같은 채소나 곤약, 달게 조린 표고버섯, 유부튀김 등을 재료로 쓴다. 식초로 간한 밥에 잘게 썬 유자

껍질이 들어가서 풍미가 상큼했다.

일요 시장을 만끽하고 그대로 터벅터벅 걸어 고치성으로. 천수각까지 올라가 고치 거리를 무사가 된 마음으로 둘러보았다.

문득 생각했다.

그들이 생각했던 미래와 지금 우리가 상상하는 미래의 차이는 어느 정도일까?

에도 시대 사람들은 TV나 스마트폰이 있는 미래는 상상도 못 했을 것이다. 이처럼 우리도 상상하지 못하는 미래가 있을까?

초등학생 때 미래 상상도를 그리면 하늘을 나는 자동차나 우주로 가는 엘리베이터 정도였는데, 그건 이미 예상 범위 안이다. 우리의 상상이 닿지 못하는 200년 뒤의 세계는 과연 어떨까. 모른 채 죽는 것이 아쉬웠다.

가쓰라하마 해변, 료마 기념관, 마키노 식물원, 일요 시장, 고치성.

시내 관광명소를 거의 제패했으니 이번에는 내가 가장 기대했던 조금 독특한 관광명소로 갔다. 그 이름은 '사와다 맨션', 줄여서 '사와맨'이다.

사와맨은 일반인이 살 수 있는 이른바 임대 맨션으로 가이드북에는 이렇게 간략하게 소개되었다.

'1971년부터 30년에 가까운 세월에 걸쳐 사와다 부부가 직접 지은 사와다 맨션. 지하 1층, 지상 5층 건물은 마치 미로와 같다.'

왠지 엄청나게 대단하다, 사와다 맨션!

잡지나 TV에 다뤄져서 그 존재는 알았는데 고치역 옆인 아조노역에서 도보 15분이어서 의외로 가뿐하게 다녀올 수 있을 것 같았다. 참고로 아조노의 한자는 薊野, 어렵다.

가랑비를 맞으며 전철을 타고 아조노역으로. 스마트폰

지도에 의지해 걷는데 전방에 거대한 맨션이 보였다.

"있다! 틀림없이 저거야."

사와맨을 목표로 걸어갔다.

꼭대기에 '사와다 맨션'이라는 간판이 걸렸다. 고딕체의 담담한 글자였다.

입구에 섰다.

1층뿐 아니라 층마다 사방에 초목이 자란 것이 보였다. 황폐해서가 아니라 주택가를 거닐 때 볼 수 있는 정원수 같은 느낌이었다.

바로 그거다. 사와맨은 맨션이긴 한데 하나의 '마을' 같다.

슬로프가 있었다. 차 한 대가 여유롭게 지나갈 수 있는 슬로프가 맨션 위층을 향해 완만하게 뻗었다. 모든 층이 지면 위에 있는 듯한 맨션으로 만들기 위해서, 산길을 오르는 것처럼 갈 수 있게 하고 싶다는 이유로 5층까지 차를 타고 갈 수 있게 만들었다고 한다.

사와맨 내부에는 레스토랑이나 사무실도 있어서 주민이

아니어도 건물에 들어가도 괜찮지만, 가벼운 마음으로 들어가면 안 될 것 같은 위압감이 있었다. 위압감이라기보다는 감시당하는 느낌?

사와맨을 올려다보는데 어떤 사람이 슬로프에서 내려와 다가왔다. 야단치려나? 조마조마했는데 사와맨을 안내하겠다지 뭔가.

귀여운 잡화점이 있다고 해서 계단을 올라갔다. 사와맨은 작가 안노 미쓰마사 씨의 『이상한 그림책』을 방불케 하는 참으로 신비로운 세계였다.

의자와 테이블을 둬서 잠깐 차를 마시고 싶어지는 곳이 사방에 있었다. 복도이면서 광장 같은 공간이다.

계단 배치가 복잡해서 안내해준 사람도 몇 번이나 길을 잃었지만 어떻게든 잡화점에 도착했다. 가게가 아니라 사람 사는 집 현관문 같아서 알려주지 않으면 열어볼 엄두가 나지 않았을 것이다. 안내해줘서 다행이었다. 고맙다고 인사하고 헤어졌는데, 주민이 아니라 단순히 놀러 온 동네 사람이었던 것 같다.

이후로도 사와맨 내부를 조심조심 살펴봤다. 조심한 이유는 걷다가 갑자기 주민의 베란다와 맞닥뜨리기도 해서인데, 도쿄에 돌아와 『사와다 맨션 모험』이라는 책을 읽어보니 '과연 그랬구나!' 싶은 재미있는 이야기가 적혀 있었다.

'건물 구조상 공용 공간에 널게 되는 빨래와 이불. 섬유 제품에 불과한 그것이 외부의 윤리에 따라 해석되어 침입자를 견제하는 가드맨 역할을 해온 측면이 적지 않다.'

복도로 스며 나오는 주민의 생활감. 그것이 '여기 외부인이 정말로 걸어도 되나?' 하고 조심하게끔 만든다. 멋진 방범 시스템이다.

참고로 이 책에 따르면 사와맨 옥상에는 텃밭과 논, 주인이 손주를 위해 만든 연못까지 있단다.

멋지다, 멋져, 사와다 맨션. 이런 곳에 살아보고 싶어.

사와맨 내부를 주민의 아이들이 즐겁게 오가며 노는 모습을 보며 공상 속에서 아주 잠깐 나도 사와맨의 아이가 되었다.

3박 4일 고치 여행의 마지막 날.

원래 2박 3일도 가능한데 일부러 3박으로 했다. 그러면 '덤'이 생긴다. 덤은 여유였다.

저녁, 비행기를 타기 전까지 관광보다는 카페에서 느긋하게 보냈다.

우선 하리마야 다리 부근의 노포 카페. 좁은 계단을 올라간 2층. 쇼와 시절 분위기를 풍기는 가게는 안쪽으로 길쭉해서 아담한데도 압박감이 없었다. 카페오레를 주문하자 따끈따끈한 커피와 우유가 각각 다른 용기에 담긴 쟁반을 받았다. 설거짓거리가 늘어 힘들겠다고 걱정하면서도 커피와 우유를 직접 섞는 것은 즐거운 작업이었다.

약 한 시간쯤 느긋하게 머물고 카페에서 나왔다. 산책을 겸해 간 곳은 다음 카페다. 나는 원래도 카페를 좋아해서 결국 마지막 날에는 노포 카페를 세 군데나 들렀다.

고치의 카페는 모닝 세트가 대단하다.

뭐가 대단한가 하면 일단 시간이다. 모닝 세트인데 아침부터 오후 3시까지 당연하다는 듯이 운영한다. 메뉴도 풍부하고 양도 많다. 그런데 가격은 500~600엔 정도. 다 먹으면 따뜻한 차를 내주는 카페도 있다.

조식은 호텔 뷔페에서 먹었으니까 카페에서는 음료만 마셨는데 모닝 세트와 별로 가격이 다르지 않다.

모닝 세트를 드시지~

드시면 좋겠다~

하는 점원들의 마음이 담긴 빔이 느껴져서,

고치 사람들은,

역시 좋구나~

라는 감정을 안고 고치를 떠났다.

고치 명물
일요 시장

갓 튀긴 튀김

여기다! ㅇ ㅇ

목적은
고구마에
옷을 입혀
튀긴
'이모텐'

바삭한 튀김옷

나에게는
고치 여행의
목적 자체가

맛
있
어!

이 '이모텐'이라고 해도
좋을지 몰라요.

도쿄·우에노

토우가 너무도 귀여웠던 여름

JOMON을 보고 왔다.

도쿄 국립박물관에서 개최한 특별전 '조몬(일본의 신석기 중 한 시대 - 옮긴이) - 1만 년 미의 고동'이다. 매주 금요일은 밤 9시까지 개관해서 해질 때쯤 친구들과 만나 보러 갔다.

우에노역에 도착해 먼저 카페에서 차 한잔.

올여름도 더웠지, 명절에 본가에 다녀왔어? 가을도 참

금방이야, 운동 부족이야, 진심으로 살 빼고 싶어.

늘 만나는 멤버와 늘 나누는 대화. 그러나 '우에노'까지 멀리 나온 덕분에 평소보다 조금 더 흥분하게 되는 면이 있다. 나는 덥다고 연발하면서도 모처럼 왔으니 판다 얼굴을 그려주는 따뜻한 '판다 라테'를 마셨다.

자, 드디어 조몬이다.

조몬 시대 사람들이 만든 것을 가까이에서 마음껏 볼 수 있는 기회다. 토기와 토우는 '어렸을 때 이런 거 점토로 만들었었지'라는 추억을 손끝이 기억해서 감상하다 보면 왠지 모르게 그리움이 느껴진다.

저 세로줄 무늬를 넣을 때 즐거웠겠지.

아주 잠깐 조몬인이 되어 공상으로 토기를 만들었다.

그러나 화염형 토기는 워낙 복잡해서 머릿속으로도 쉽게 만들 수 없다. 타오르는 불꽃 모양이어서 화염형이라고 이름을 지었다고 하는데, 정말로 상부가 활활 타오르는 형상이었다. 반면 아래쪽은 소프트크림 콘과 비슷한 가벼운

디자인이어서,

"계속 보니까 소프트크림 먹고 싶다……"라고 속삭이자 한 친구가 동의해주었다. 화염형 토기 소프트크림을 매점에서 팔면 틀림없이 인기 있을 거라고 신났다.

화염형 토기는 취사에 썼을 가능성이 있다고 한다. 그렇다면 활활 타오르는 화려한 냄비다.

단순한 삶이 좋다고 여기는 현대를 사는 우리. 화염형 토기를 만들던 시절의 조몬인이 보면 상당히 부족함을 느낄 것이다.

도쿄 국립박물관은 넓다. 처음에는 여섯 명이 함께 봤으나 점차 자기 속도에 맞춰 감상했다. 도중에 딱 마주치면 가볍게 정보 교환을 했다.

"원숭이 토우 봤어? 귀엽더라."

"어? 어디 있었어?"

참고로 전원 일러스트레이터다.

개인적으로 멧돼지 토우가 정말 귀여웠다. 어찌나 귀엽

던지 다시 돌아가서 또 봤다.

토기나 토우를 보며 즐거워하는 날이 올 줄은 몰랐다. 그런데 왔다. 앞으로 또 이런 '왔다'가 늘어날까. 뭘까, 화석? 아니면 이끼? 상상하면 조금 기대된다.

판다 라테.

화염형 토기
소프트크림을

토우 로봇이

지이
이잉

오래
기다리셨
습니다.

가져다주는
박물관 카페를

아으으

다음
'JOMON전'에서
해주면
좋겠어요.

하
하
하

후쿠시마

1박 2일 하와이는 천국이었다

일본의
하와이

1박 2일로 하와이에 다녀왔다.

후쿠시마현 스파 리조트 하와이안즈다. 영화 〈훌라 걸스〉에서 처음 존재를 알고 언젠가 가보고 싶다고 꿈꿨다.

도쿄 도내에서 스파 리조트 하와이안즈까지 왕복 무료 셔틀버스가 있는데, 여행 기분을 맛보려고 갈 때는 전철로. 시나가와역에서 슈퍼 히타치를 타고 도시락과 간식까지 먹은 뒤 신문 두 종류를 다 읽었을 때쯤 유모토역에 도착했다. 거기에서 무료 셔틀버스를 타고 10분쯤 가면 일본의 하와이에 도착한다.

처음 온 리조트여서 어떻게 이용해야 하는지 모르겠다. 우선은 체크인하고 방에 준비된 빨간 무무로 갈아입었다. 무무 아래는 수영복이다.

"모두 그렇게 하세요."

프런트 직원이 알려준 대로 한 것이다.

먼저 메인인 실내 거대 수영장에. 물품 보관함에 짐과 벗은 무무를 넣고 수영장 구역으로 들어갔다.

넓다.

나리타 공항처럼 드넓은 공간이 펼쳐졌다. 천장은 철골에 투명한 함석지붕을 깐 형태여서 외부 햇빛이 들어왔다. 미끄럼틀이 몇 개나 있어서 아이들이 엄청난 속도로 수영장에 풍덩 빠졌다. 수영장 양쪽에 패스트푸드 매점이 있고 야간 쇼 무대도 이 구역에 있었다.

먼저 제일 넓은 수영장으로. 가게에서 산 300엔짜리 튜브를 타고 한동안 동동 떠다녔다.

유수풀도 있다고 해서 가봤다. 일본 최초의 유수풀이 여기에서 탄생했다고 한다.

유수풀 중앙에는 물고기들이 헤엄치는 미니 수족관이 있었다. 작은 상어도 있었다. 물고기들을 구경하며 튜브에 앉아 한 바퀴 돌았다. 물고기 눈에 우리는 어떻게 보일까.

다음 구역으로 이동했다. 온수풀도 있다고 한다. 관내는 매우 복잡했다. 증축을 반복한 건물 특유의 난해한 배치였다. 그래도 괜찮다. 아무 직원에게나 말을 걸어도 모두 친절하게 길을 안내해준다. 여기저기 확인하며 도착한 온수풀은 실내와 야외 두 군데였다. 계절은 초여름, 적당히 구름 낀 하늘이어서 야외 온수풀로 갔다.

아이들이 노는 얕은 풀 이외에 작은 자쿠지도 있었다. 보글보글 자쿠지를 즐기며 유유자적 빈둥거렸다. 새 지저귀는 소리가 들렸다. 주변은 산이라고 해야 할까 숲이라고 해야 할까, 잡목림 같은 녹음만 펼쳐지고 바다는 보이지 않았다. 점차 지금 내가 어디에 있는지 헷갈렸다.

잠깐 방에 갔다가 이번에는 남녀 따로따로 알몸으로 들어가는 넓은 온천 구역으로 갔다. 온돌과 폭포수 사우나도 있었는데 물이 산뜻하고 좋았다.

온천을 즐긴 다음에는 저녁이다. 저녁 식사는 이른 5시부터 시작이었다. 8시 반부터인 훌라춤 쇼에 맞춘 시간이다.

넓은 디너 뷔페에 무무 차림의 여성들과 알로하셔츠 차림의 남성들이 접시를 들고 어슬렁어슬렁 돌아다녔다. 음, 느낌 좋다. 다들 즐거워 보였다. 셰프가 바로 조리하는 코너에는 돼지고기와 양 스테이크, 라면과 쌀국수. 그 밖에 회와 새우튀김, 다양한 단품 요리와 카레, 그라탱, 파스타에 하와이안 필라프. 디저트 코너에도 종류가 많아 다들 어슬렁거리며 다니는 이유를 알 수 있었다.

수영장에서도 느꼈는데, 여기에 쏙 빠진 듯이 없는 세대가 보였다. 바로 50대 전후 세대(나도 여기에 속함)와 중고생이다. 어린아이를 동반한 30대 부부와 그 부모(손주와 함께 온 조부모)가 중심 손님층. 중고생들은 50대 전후의 부모와 여행을 다니지 않을 테고 동아리 활동이나 입시로 바쁘다. 언젠가 자기 가족이 생기면 기분 좋게 올 테지.

저녁을 먹은 다음에는 기다리고 기다리던 쇼 타임.

무료 자리도 있지만 모처럼 왔으니까 1,200엔짜리 SS석을 예약했는데, 앞쪽의 아주 잘 보이는 자리였다. 다른 자리에는 없는 음료 홀더도 있었다. 음료 반값 티켓도 받아서 럭키였다.

제일 처음은 불춤이다. 강인한 젊은 남성들이 불붙은 봉을 빙글빙글 돌리며 춤추기 시작했다. 허리 아래를 감춘 것 말고는 알몸이다. 연습하다가 몇 번이나 뎄을까? 화상은 따끔거리는 게 오래 가서 정말 아프다. 얼마나 고생이었을지 생각하자 눈시울이 붉어졌다.

드디어 훌라 걸이다. 어찌나 사랑스럽던지 내내 웃으며 보게 되었다. 차례차례 의상을 바꾸며 춤을 선보이는데, 춤

후쿠시마

추면서 "히야앗!" 같은 환성을 지르는 게 최고로 멋졌다. 정글에 사는 환상의 새가 우는 것처럼 성스러웠다. 쇼가 끝나면 SS석 사람은 훌라 걸과 사진을 찍을 수 있어서 나도 당연히 찍었다.

다음 날 아침, 아침 탕(온천)을 즐기고 조식을 먹으러 식당으로. 이번에도 무무와 알로하셔츠 차림의 사람들이 접시를 들고 어슬렁거렸다. 보기에 따라 전원 잠옷인 셈인데 이 느긋함이 좋지 않나.

신주쿠행 무료 버스는 오후 3시 출발. 그때까지 실내의 거대 수영장 구역에서 또 느긋하게 보냈다.

벤치에 앉아 뜨거운 커피를 마셨다.

천장에서 부드러운 햇빛이 쏟아졌다. 야자나무와 파란 수영장. 수영복을 입고 해방된 사람들. 천국이 이런 곳이라면 좋겠다. 내일 일이라곤 아예 생각하지 않고 그저 하와이안즈에 있었다.

조이는 곳
하나 없는
옷으로
갈아입고

무무

편하네~

그저 느긋하고
여유롭게
보내다가

편하다~

식사는
호텔 뷔페에서.

멍~

아무
생각도
들지 않아.

후쿠오카 · 하카타

여행지에서 먹는 카레에 빠지다

여행지 카레

가을의 후쿠오카에. 2박 3일 여행이다.

직전에 정한 관계로 항공권 조기 할인도 없어서 여행 대리점에서 발견한 호텔 포함 신칸센 왕복 상품을 이용하기로 했다. 세상에 왕복 열 시간! 차를 놓치면 쓸 수 없는 시간 엄수 티켓이다. 그래도 그린차(KTX의 특실과 비슷한 신칸센의 일등석 – 옮긴이)를 이용할 수 있고 비행기보다 훨씬 저렴하다. 도시락과 간식을 먹고 잔뜩 사서 쟁여둔 책도 읽고. 가끔은 이런 여행도 좋지.

단행본 두 권을 읽고 하카타에 도착한 시각은 오후 3시 전.

하카타와 나고야는 조금 비슷한 것 같다. 역 앞의 널찍한 광장이나 지하 통로 느낌이. 역 근처 호텔에 짐을 두고 곧바로 역으로 돌아왔다.

일단 뭔가 좀 먹고 싶어서 회전 초밥집에 들어갔다. 가게가 텅텅 비었는데 어째서인지 할아버지 옆자리로 안내를 받았다. 그것 자체는 괜찮은데 할아버지가 이쑤시개로 이를 쑤셨다. 그것도 자꾸만 쑤셨다. 이쑤시개 쑤시는 옆에서 먹는 신선한 초밥……. 최대한 시야에 들어오지 않게 하며 두 접시를 먹었을 즈음 할아버지가 나갔다. 테이블을 보니 스무 접시 정도가 쌓여 있어서 혀를 내둘렀다.

오후 6시. 호텔로 돌아와 TV를 봤다. 럭비 월드컵 결승전이다. 남아프리카 대 잉글랜드. '일시적 팬'인 몸이지만 결승전쯤 되면 규칙도 조금은 익힌다. 던진 공을 잡기 위해 사람이 불쑥 뛰어오르는 것. 그건 몇 번을 봐도 질리지 않는다. 결승전도 빨리 '불쑥' 안 하나 생각하며 봤다.

남아프리카가 우승해서 선수들이 기뻐하는 모습을 확인하고 다시 하카타역으로. 지하의 먹거리 골목에서 가볍게 한입 만두와 하이볼. 옆에 앉은 여자 두 명은 내 하이볼의 두 배쯤 되는 거대 하이볼을 마셨다. 청춘을 즐기는구나! 요즘은 '젊은 친구'라는 이유만으로 어떤 사람이나 반짝여 보인다.

다음 날은 지하철을 타고 아카사카까지 갔다. 케야키 거리에서 헌책 시장이 열려서 보러 갔다. '북쿠오카'라는 책 축제의 이벤트 중 하나로 일반인이 마음대로 서점 이름을 붙여 골목에 책을 펼쳐놓고 파는 것이다. 이것저것 덮어놓고 샀더니 에코백이 점점 무거워져서 돌아올 때는 버스를 타고 후쿠오카역까지. 거기에서 전철을 타고 다자이후로 향했다.

후쿠오카역에서 다자이후역까지는 대략 30분. 다자이후역의 물품 보관함에 짐을 맡기고 가뿐하게 걷기 시작했다.

다자이후 텐만구 참배 길에는 기념품 가게가 즐비한데, 우메가에모찌를 파는 가게가 많다.

전부 다 맛있어 보인다.

저당이라고 적힌 가게에서 먼저 하나. 바삭바삭 구운 떡에 팥앙금이 들었다. 이 앙금이 펄쩍 뛸 정도로 뜨거웠다.

맛있다고 감탄하며 전진했다. 도중에 '가사노야'라는 가게 앞에 긴 행렬이 서 있었다. 우메가에모찌를 사려는 줄이었다. 으아아, 여기 것도 먹고 싶다. 안에 식사할 수 있는 자리도 있어서 점심부터 먹은 다음 줄을 서면 되겠다고 여겨 들어갔는데 메뉴에 '우메가에모찌 130엔'이라고 적혀 있었다.

"실례합니다, 이거 밖에 사람들이 줄 서서 기다리는 우메가에모찌랑 같은 건가요?"

가게 점원에게 묻자,

"네, 맞습니다."

"따끈따끈한 거죠?" ← 또 굳이 묻는다.

"네, 그럼요."

이거 참 감사하네. 그렇다면 먼저 '사이후 우동'을 먹고, 우메가에모찌도 주세요!

'사이후 우동'은 납작 어묵이나 지쿠와(어육을 봉에 붙여서 굽거나 찐 다음 봉을 빼서 가운데가 비게 만든 길쭉한 어묵 - 옮긴이)가 들어간 따뜻한 우동으로 면이 부드러운 편이었다. 아니, 엄청 부드러웠다. 담백하고 맛있었다. 여행자의 위장을 달래주는 맛이다. 그다음에 먹은 따끈따끈 갓 만든 우메가에모찌도 역시 맛있었다.

우메가에모찌는 떡 부분이 달지 않다. 이 점이 좋다. 너무너무 좋다. 떡을 구운 점도 좋다. 얇은 것도 좋다. 전부 다 딱 좋다. 앙금 떡 중에서는 우메가에모찌를 제일 좋아하지 않을까.

다자이후 텐만구로 가기 전에 규슈 국립박물관에 갔다. 다자이후 텐만구 앞에서 꺾어 긴 에스컬레이터를 타고 올라가면 큰 건물이 보인다. 드넓은 바다에 뜬 고래 같은 건물이다. 전면 유리여서 주변의 산 풍경이 비쳤다.

마침 '삼국지전'을 하고 있어서 보러 갔다. 삼국지는 잘 모르지만 전시회는 잘 모르는 사람이 가도 되는 법이다. 이어폰 가이드 음성이 배우 깃카와 코지 씨여서 시간이 있었다면 들어보고 싶었다. 고등학생 때, 친구와 깃카와 씨 주연 영화 〈무일푼 워크〉를 보러 갔었다. 〈터치〉와 동시 상영이었다. 그러고 보니 그때 영화관 좌석은 먼저 앉는 자가 승자였다. 다들 내가 먼저 앉겠다고 쟁탈전을 벌였다.

박물관에서 나와 다자이후 텐만구로. 길흉 제비를 뽑았는데 중길이었다. 점괘에 좌우되는 편은 아니나 적힌 글에 마음 가는 데가 있어서 스마트폰 케이스에 넣어두었다. 종종 읽고 나를 다잡을 생각이다. 점괘에는 이렇게 적혀 있었다.

'성실, 정직하게 대처하고 능력 범위 내에서 해결을 도모하자.'

여행지에서 카레 먹기에 푹 빠졌다.

카레는 어디에서든 먹을 수 있는데 차라리 지역 명물을 먹는 게 낫지 않은가. 이런 의견도 있을 것이다.

그래도 여기에만 있는 카레 가게라면 여기에서만 먹을 수 있는 카레다.

그런 이유로 둘째 날 저녁은 카레였고, 미리 말해두는데 다음 날 점심도 카레였다.

먼저 저녁 카레. 덴진 근처에서 남인도 카레를 먹었다. 캐슈너트 카레와 브리야니(인도식 볶음밥). 카레는 살짝 단맛도 있는데 매운맛이 확실해서 포슬포슬한 밥인 브리야니와 잘 어울렸다. 콜리플라워와 감자 카레 단품도 확신의 맛. 가게는 만석이었다.

저녁을 먹고 영화를 보러 갔다. 여행지에서 영화 보기에도 빠졌다. 심야에 공포 영화 〈그것: 두 번째 이야기〉를 봤다. 그러리라 짐작했지만 역시 무서웠다. 피에로가 다양하게 변신하며 위협하는데, 그냥 피에로 모습으로 서 있을 때가 제일 오싹한 이유는 뭘까. 굳이 비교하자면 나는 첫 번째 영화가 더 무서웠다.

다음 날도 점심 카레.

어라, 이런 골목에 카레 가게가 있네?

깜짝 놀랄 정도로 비좁은 골목에 긴 줄이 생겼다. 줄을 섰더니 앞에서 메뉴판이 넘어왔다. 치킨 카레, 키마 카레, 시푸드 카레. 대충 이런 느낌. 곧 줄을 선 상태로 가게 점원이 와서 주문을 받았다.

앞에 선 커플의 목소리가 들렸다.

"밥 많이, 세 개."

"나는 밥 보통, 한 개."

무슨 개수지? 고추의 개수였다. 나는 기본 치킨 카레를 먹고 싶어서 0개. 그래도 제법 매콤했다. 맵고 맛있었다. 카레의 치킨이 참 부드럽고 맛있으며 양도 넉넉했다. 1층 카운터 자리로 안내받아서 2층의 분위기는 알 수 없었는데 줄이 길게 서 있어도 회전이 빨랐다. 'Tiki'라는 가게였다.

지하철을 타고 오호리 공원 바로 옆 후쿠오카시 미술관에. 수집가가 추진한 '센가이(1750년에 태어난 임제종 승려이자 독특한 그림으로 인기 있는 화가-옮긴이)전'이 개최 중이어서 보러 갔는데 관람료가 겨우 200엔! 커피값보다 싸잖아. 멍멍 짖는 강아지 그림이 귀여웠고 통통한 멧돼지는 보기만 해도 기분 좋았다.

돌아오는 신칸센 시간이 가까워져서 오호리 공원은 통과하기만 했다. 연못을 느긋하게 보고 싶었는데……. 스타벅스도 있었고.

하카타역에 도착한 시간이 아슬아슬했지만 매점에서 멘치카츠와 주먹밥을 사고 간신히 도쿄로 돌아오는 신칸센에 탔다.

돌아올 때는 차량의 제일 뒷자리여서 리클라이닝 시트를 최대한 뒤로 넘기고 잤다. 도중에 멘치카츠와 주먹밥을 먹고 또 잤다. 잠깐 독서. 도쿄에 도착한 것은 밤 10시. 어깨는 딱딱하게 굳었지만…… 다섯 시간 정도라면 할 수 있겠다 싶었다.

따끈따끈 우메가에모찌.

후쿠오카·하카타

여행지에서
명물을
먹는 것도
좋고

명물이 아닌
음식을 먹어도
좋다.

여행지에서
먹는
카레에

또
빠졌어

또
생각나.

공기를
마시니까
이미 여행의
맛입니다.

도쿄 · 신주쿠

도시의 숲을 찾아서

따사로운 가을의 어느 날.

지하철을 타고 신주쿠 3초메에. 이세탄 백화점 지하에서 샌드위치를 사고 지상으로 나가 조금 걸으면 도시의 숲이 보인다. 신주쿠 교엔의 단풍을 보러 왔다.

입장료를 내고 들어갔다. 평일이라 붐비지 않았는데 외국인 관광객이 그럭저럭 있었다. 다들 마음 가는 대로 사진을 찍으며 느긋하게 걷고 있었다.

금색으로 빛나는 커다란 은행나무 앞 벤치가 비었다. 특등석이잖아. 점심으로 샌드위치를 먹었다.

높은 하늘에서 부는 바람이 은행나무 잎을 바스락바스락 떨어뜨렸다.

"금빛 비가 내리네!"

어린 남자아이와 함께 온 엄마의 들뜬 목소리가 들렸다.

금빛 비가 자꾸자꾸 떨어져서 문득 보니 내 토트백 안에도 들어갔다.

샌드위치를 다 먹고 다시 걸었다. 연못에 걸린 다리 위에서 잉어를 바라보았다. 손뼉을 쳤더니 저 멀리서 잉어가 우르르 몰려왔다. 미안, 아무것도 없는데 모이게 해서. 잉어를 보면 나도 모르게 모으게 된다.

찻집이 있어서 식후의 따뜻한 커피.

여자아이를 목말 태운 아빠가 있었다. 여자아이는 두 손에 커다란 공을 안고 있어서 공 아래의 아빠가 뭘 하는지 보지 못했다. 아빠는 찻집에서 산 말차 소프트크림을 먹으며 걷고 있었다. 아빠도, 아니 누구나 다 어떤 면에서는 여전히 어린아이다.

온실 식물원에는 처음 들어가봤다.

여기 연못에는 잉어가 없는데 큰가시연꽃 잎이 동동 떠 있었다. 어렸을 때, 저 연잎 위에 타보고 싶었다. 사실은 지금도 조금 타보고 싶다. 오른손, 왼손, 오른발, 왼발. 각각 연잎 한 장에. 소금쟁이처럼 물 위를 걷는 것이다. 누가 뭐래도 나다. 최종적으로 연못에 빠질 게 분명하다.

바나나 나무가 있었다. 바닐라 나무도. 먹을 것이 나는 나무를 보면 조금 기쁘다. 카카오 열매는 나무줄기에서 바로 자랐다.

식충식물도 있었다. 무서운데도 매번 안을 들여다보고 싶어진다. 들여다봤다. 아무것도 없어서 안심하면서도 내심 조금 시시했다.

넓은 식물원에서 나와 다시 외부 산책로를 걸었다. 가을에

피는 벚꽃은 이미 절경을 지났다. 쪼글쪼글 시들었는데도,

"와, 벚꽃이다."

다들 걸음을 멈추고 사진을 찍었다.

벚꽃은 추억 담긴 꽃이다. 벚꽃에 추억이 없는 사람은 아마 없을 것이다. 아주 오래전 사귀던 사람과 밤의 벚꽃 아래에서 헤어진 적이 있다. 그대로 끝났다면 조금은 멋진 추억이었을 텐데 반년쯤 지나 다시 사귀었고 다음에 헤어진 곳은 그냥 시시한 곳이었다. 벚꽃 아래가 헤어지기 좋을 때였다.

신주쿠 교엔 단풍을 본 다음에는 늘 그렇듯이 '오이와케 당고 본점'에.

"일본에서 제일 맛있는 건 뭔가요?"

외국인 여행자가 이렇게 물으면

"그건 미타라시 당고입니다."

라고 대답해도 좋겠지. 이런 생각을 하며 당고를 먹은 가을의 어느 날이었다.

피로시키 먹었어

선물은 '살 수 있을 때 사는 것'이 철칙

퐁치키, 피로시키, 골롱카.

세 마리 너구리가 울창한 숲에서 살고 있습니다.

이렇게 시작하는 그림책이 있을 것 같은데, 퐁치키도 피로시키도 골롱카도 사실은 폴란드 명물이다. 퐁치키는 잼을 넣은 도넛, 피로시키는 만두, 골롱카는 구운 돼지고기 요리다.

2019년 여름, 50세가 된 기념으로 간 6박 8일 폴란드 투어. 나리타 공항에서 수도 바르샤바 쇼팽 공항까지 직행으로 약 열한 시간. 거기에서 작은 비행기를 갈아타 크라쿠프에 도착했다.

　　크라쿠프는 지금도 고풍스러운 중세 경관이 남아 있는 인기 관광지인데, 일본으로 치자면 교토일까. 수도를 바르샤바로 옮길 때까지 수도로 번영했던 점도 비슷하다.

　　바르샤바 거리는 제2차 세계대전 때 독일에 의해 처참히 파괴되었는데 크라쿠프는 폭격을 피했다. 거리에는 시대별로 다양한 양식의 건물이 여전히 남아 있고, 광장을 중심으로 한 구시가지는 유네스코 세계유산에 등록되었다.

　　빨리 그 구시가지에 가고 싶다!

　　그러나 숙박지 호텔 주변은 빌딩, 혹은 건설 중인 빌딩뿐이고 구시가지까지는 조금 멀었다.

　　오후 7시인데도 밖이 아직 밝았다. 긴 여정이어서 몸이 무겁지만 이대로 방에서 쉬는 것은 아쉬우니 일단 호텔 근처 마트에 갔다.

편의점 크기인 마트에는 엔간한 것이 다 있었다. 초콜릿과 분말 수프 코너가 유난히 자리를 차지했다. 절대적인 필수품이라는 뜻일까.

수프라면 이번 여행에서 셀 수 없이 먹은 '쥬렉'이라는 폴란드 수프가 유명하다. 보기에는 크림 스튜인데 발효 호밀을 써서 살짝 시큼하다. 레스토랑에 따라 산미가 다른데 재료는 대부분 비슷하다. 감자, 소시지, 삶은 달걀. 어느 레스토랑에서 먹든 다 맛있었다.

마트 바구니를 들고 좁은 가게 안을 오갔다. 여행 선물은 '살 수 있을 때 사는 것'이 철칙이다. 특히 마트 상품은 어디나 비슷비슷하니까 얼른 사두는 게 좋다. 판 초콜릿, 스낵 과자, 캐러멜, 벌꿀, 인스턴트 면. 인스턴트 쥬렉 수프도 바구니에 우르르 넣어 총 1만 엔 정도를 통 크게 썼다. 감각으로는 일본의 3분의 2 정도 가격이다. 현지 가이드에 따르면, 식료품은 저렴한데 휘발유는 일본보다 비싸다고 한다.

마트에서 나오자 펼쳐진 아름다운 저녁놀.

이국 돈을 썼다는 즐거움이 가슴을 가득 채웠다.

다음 날이 밝아 드디어 크라쿠프 관광. 일본에서 온 관광객은 스무 명 정도. 80퍼센트가 여성이었다. 관광버스를 타고 구시가지 근처까지 갔다. 거기에서는 이어폰 가이드를 들으며 각자 걸었다.

폴란드의 여름도 더웠다. 더운데 일본보다 상쾌했다.

투어 일행은 비스와강을 따라 산책하며 '바벨성'으로 갔다. 신데렐라의 성처럼 세로로 긴 형태가 아니라 보기에는 벽돌 지붕을 얹은 박물관 같았다. 완만한 계단을 오르면 성문이 나오고, 안으로 들어가자 높은 지대에서 거리가 내려다보였다.

미음 모양인 왕궁에는 중정이 있었다. 중정이 있으면 마음이 놓인다. 보호받는 느낌이다. 현지 폴란드인 가이드가 중정에서 "저기가 국왕의 방이었어요, 저쪽은 왕비의 방이었죠"라고 손으로 가리키며 안내했다.

성을 떠나 구시가지로.

일부 남아 있는 성채 '바르바칸'을 지나자 상점이 가득했다! 여기저기 골목이 있는데 레스토랑과 기념품 가게가 빽빽하게 늘어섰다.

퐁치키 가게도 발견. 퐁치키는 안에 잼을 넣은 도넛인데 구멍이 없다. 자유시간에 먹었는데 겉은 아작아작 설탕 코팅, 빵은 폭신폭신. 제일 기본이라는 장미 잼 퐁치키는 무지무지 달았는데 가끔은 이런 것을 과감히 먹는 것도 좋다.

거리 여기저기 베이글 스탠드가 있었다. 베이글의 발상지가 폴란드라고 한다. 현지 가이드가 말하기를,

"뉴욕 베이글처럼 반으로 썰어 샌드위치를 만들지 않고 빵처럼 먹는 게 일반적입니다."

레스토랑 런치 메뉴로 나와서 먹었는데 딱딱하고 바삭

했다. 수프에 찍어 먹기 딱 좋았다.

골목 앞이 중앙 광장이었다. 굉장히 넓었다. 중세 때부터 남아 있는 광장으로는 유럽 최대라고 한다.

중앙 광장의 정중앙에 '직물회관'이 있다. 그 옛날 직물 거래소였던 건물로, 글쎄 길이가 100미터. 건물 1층을 걸어서 통과할 수 있는데, 좌우에 기념품 가게가 가득했다. 나무 공예품, 호박 액세서리, 민족의상에 양가죽 신발. 세계 각국에서 온 관광객으로 붐볐다.

직물회관은 보기만 하고 가이드북에 실린 '크라쿠스카'라는 기념품 가게로 갔다.

중앙 광장에서 골목으로 들어간 곳에 있었다. 가격도 양심적이고 어지간한 폴란드 토산품을 다 갖췄다. 민속적인 무늬의 종이 냅킨과 안경 케이스, 에코백 등을 여기에서도 마구마구 바구니에 담았다. 마구마구 담아도 종이 냅킨은 200엔 정도다. 귀엽고 선물로도 좋아서 귀국 후에 더 많이 살걸 그랬다고 아쉬워했을 정도다.

폴란드

폴란드는 초콜릿도 유명해서 가이드가 추천한 '베델'이라는 가게에서 여행하는 동안 먹을 초콜릿을 세 알 샀다. 무슨 베리(크랜베리나 라즈베리?)가 든 빨간색 초콜릿이었는데 산미가 있어서 참 맛있었다.

폴란드에 뭐가 있더라?

여행을 간다고 하자 다들 물었다. 폴란드에는 아우슈비츠가 있다.

투어에 아우슈비츠-비르케나우 수용소도 포함이었다. 관광버스를 타고 간 그곳에는 이미 많은 관광버스가 세워져 있었다. 세계 각국의 사람들이 한때 나치 독일의 강제 수용소였던 아우슈비츠를 방문했다. 어른도 학생도. 교사가 인솔하는 어린이들도 많았다. 이미 전 세계에서 3,000만 명 이상의 사람들이 수용소를 찾았다고 한다. 입장료는 무료

다. 무료인 것에 큰 의미가 담겼다.

접수처를 지나면 문이 있다. 사진과 영화로 한 번은 본 적 있는 유명한 문이다. 문에는 '노동이 너희를 자유롭게 한다'라는 뜻의 독일어가 달려 있다. 그 시절 이 문을 지나 다시 밖으로 나왔던 사람은 극소수다.

수용소 전속인 폴란드인 일본어 가이드가 내부를 안내했다.

시설 안은 질서정연했다. 유류품이 유리 너머에 산처럼 쌓여 전시되었다. 산은 종류별로 있었다. 신발의 산. 빗의 산. 여성들 머리카락의 산. 전부 목숨을 빼앗긴 사람들이 여기 존재했다는 증거다. 의족이나 목발의 산도 있었다. 식기의 산에서는 꽃이나 과일이 그려진 컵이 보였다. 평범한 매일, 행복했던 날들의 단편. 아무것도 모르고 가재도구를 챙겨왔던 것이다.

아우슈비츠 강제 수용소에서 버스로 금방인 곳에 아우슈비츠-비르케나우 강제 수용소가 있다. 아우슈비츠 강제 수용소는 지금도 건물이 남아 있어서 이름이 널리 알려졌는데, 비르케나우 강제 수용소 터가 훨씬 넓다. 꼭 마구간 같은 목조 가건물이 일부 남아 있었다. 말이 아니라 수용된 사람을 위한 침상이 있었다. 이런 곳에서 사람이 잘 수 있을 리 없다.

아우슈비츠를 방문한 내 마음에 퍼진 것은 '전해졌다'라는 감정이었다. 먼 일본에 있어도 우리는 알고 있다. 많은 서적과 영화로 전해졌으니까. 돌아오는 관광버스 안에서 모두 조용했다.

여행 계획은 크라쿠프 3박, 바르샤바 3박.

이동이 적어서 캐리어에 짐을 싸는 것도 두 번뿐이다. 외국 여행은 상품에 따라 매일 호텔을 바꿀 때도 있는데 이번 여행은 아침과 저녁에 채비하기 편했다.

폴란드 통화는 Zloty. 가이드북에는 즈워티라고 적혀 있었는데 가이드는 즈로치라고 발음했다. 표기는 'zł'. 10zł는 300엔 정도다. 레스토랑과 기념품 가게는 카드가 되는데 오히려 이쪽이 일반적이었다. 나리타 공항에서 환전할 때, 제일 큰 화폐 단위가 100zł 지폐였다. 일본 엔화로 3,000엔 정도다. 그런데 현지에서 30zł짜리 물건을 살 때 100zł 지폐를 내면 점원이 곤란하다는 표정을 짓는다. 카드 결제가 일반적이어서 어느 가게나 지폐와 동전에 여유가 없는 듯했다. 80zł 쇼핑에 100zł를 낸다면 'OK'라는 반응이었다. 참고로 유료 화장실은 1zł(30엔), 봉지에 담긴 즉석 면은 2.3zł(70엔), 판 초콜릿은 5zł(150엔), 호텔 레스토랑의 맥주가 20zł(600엔) 정도.

폴란드는 1989년에 민주화된 나라다. 교육은 무료, 대학 진학률은 대략 50퍼센트. 그중 25퍼센트는 국립대학(무료)에 진학한다고 현지 가이드가 설명했다.

비엘리치카라는 도시의 세계유산 비엘리치카 소금 광산

에도 갔다. 크라쿠프에서 관광버스로 약 한 시간 정도. 옛 소금 채굴장으로 총길이 300킬로미터 이상. 견학 코스는 일부지만 그래도 약 3킬로미터나 되었다. 입구에 입장권을 사는 줄이 길게 섰다.

단체 관광객 전용 입구로 척척 들어가 엘리베이터를 타고 지하 깊이 내려갔다. 소금 광산 내부는 여름인데도 썰렁했다. 긴소매에 얇은 바람막이를 걸치면 딱 괜찮을 정도의 온도였다.

견학은 반드시 소금 광산 전문 가이드와 해야 한다. 길을 잃으면 말 그대로 큰일! 살아서는 돌아오지 못할지도 모른다.

당시 일하던 사람들의 모습을 재현한 코너나 소금 조각도 여기저기 있었다.

화장실이 걱정이었다.

지하 깊은 곳에 수세식 화장실이 있을까?

잘 갖춰져 있었다. 가는 중간 중간에 예쁜 화장실이 있고 심지어 식사할 수 있는 카페까지 있었다. 기념품 가게에는 요리용 소금과 목욕용 소금이 놓여 있었다.

소금 광산은 공기가 아주 맑아서 알레르기나 천식이 있는 아이들에게도 효과가 좋다고 한다. 소금 광산에서 하루 동안 느긋하게 놀게 하는 자연 치료도 있다고 한다. 내 꽃가루 알레르기도 나아지면 좋겠다는 마음에 크게 심호흡을 하며 걸었다.

과거 여기에서 일하던 사람들을 위한 지하 예배당도 있었다. 그중에서도 성 킨가 예배당은 무도회를 열어도 될 정도로 넓었다. 제단이나 바닥도 암염으로 만들었고 천장 샹들리에까지 암염이었다. 소금이란 무궁무진하게 가공할 수 있는 재료라고 감탄하며 기념으로 암염 팔찌(500엔 정도)를 나에게 선물했다. 몸에 지니고 다니면 비상식량으로 쓰일지도.

* souvenir *
폴란드 기념품

폴란드의
컬러풀한
종이 냅킨

모든 종류를
갖고 싶어!

크라쿠프에서 3박을 한 뒤, 특급열차를 타고 수도 바르샤바로. 버스라면 여섯 시간인데 열차로는 그 절반 만에 갈 수 있다고 한다. 투어 여행은 대부분 버스 이동이 중심이어서 이렇게 열차를 타니까 즐거웠고, 게다가 일등차량을 이용했다. 신칸센으로 말하면 그린차다.

승차하고 얼마 지나지 않아 음료가 나왔다. 페트병에 든 물과 캔에 든 에너지 음료 같은 것. 인솔자가 에너지 음료는 아마 이벤트 샘플로 나눠줬을 거라고 말했다. 보통은 두 가지 음료를 더 선택할 수 있다고 해서 나는 사과주스와 탄산수를 받았다.

작은 테이블에 음료가 넷.

이렇게까지 필요한가?

투어 사람들과 함께 웃었다. 투어는 부부와 여자 친구 두 명으로 온 몇 팀, 나이 든 부모와 딸 가족, 혼자 참가한 사람도 몇 명 있었다.

잠시 후 가벼운 식사가 왜건에 실려 왔다. 일등차량은 식사 포함이다. 그것도 훌륭한 도자기 식기로 제공한다. 메뉴는 세 개 중에서 선택할 수 있다. 두 개 중에 선택해도 괜찮지 않나 싶은데 세 개였다. 나는 채소 샐러드 세트. 납작보리를 넣은 잎채소 샐러드였다. 치킨 샐러드를 먹는 사람도 있었다.

식당차도 있다고 해서 구경하러 갔다.

그 옛날, 고등학교 수학여행으로 신칸센을 탔을 때, 반 친구들과 그린차를 구경하러 간 적이 있다. 연예인을 만날지도 모른다는 아련한 기대는 속공으로 부서졌다. 그린차 앞에 선생님이 떡 버티고 있었다.

"자리로 돌아가!"

모두 도망쳤다.

폴란드 특급열차의 식당은 작은 매점 주변에 간이 의자가 몇 개 있는 정도였다. 투어 멤버인 부부가 먼저 보러 갔

다가,

　"오리엔트 특급의 식당차 같은 건 아니었어."

　라고 말해서 나도 모르게 웃었다. 나 역시 '오리엔트 급행의 식당차 같은 걸까?' 하고 기대하며 가는 중이었다.

열차에서 먹은 채소 샐러드.

폴란드

폴란드 공용어는 폴란드어다.

'지엔 쿠예'는 고맙습니다.

'지엔 도브레'는 아침과 점심과 저녁 인사. 처음에는 외우질 못해,

"지엔 쿠예!"라고 외치며 기념품 가게에 들어갔다. 느닷없이 "고맙습니다"를 외치며 들어오는 일본인, 어떻게 보였을까…….

실수를 하나 말하면 CHOPIN이다. 어떤 동상 앞에 새겨진 알파벳인데 '초핑 씨구나'라고 생각하며 봤다.

당연히 아니다.

CHOPIN은 쇼팽이다.

바르샤바에서 태어난 쇼팽은 20세에 파리로 건너가 39세에 죽을 때까지 고향에 돌아오지 않았다. 폴란드가 전쟁에 휘말렸기 때문이다.

현지 가이드가 쇼팽이 파리에서 '버드나무'를 그리워하는 편지를 썼다는 일화를 들려주었다. 파리에는 폴란드의 버드나무와 똑같은 버드나무가 없었다고 한다. 폴란드의 버드나무는 일본의 호리호리한 버드나무와 달리 훨씬 우락부락했다. 올리브 나무와 조금 비슷한 것 같기도. 어린 시절의 쇼팽은 바람에 흔들리는 버드나무 아래를 가족이나 친구와 걸었을지도 모른다. 어쩌면 혼자 버드나무를 바라보며 미래를 꿈꿨을 수도 있다. 쇼팽에게는 버드나무인데 일본에서 태어나고 자란 사람이라면 역시 벚꽃을 그리워하겠지.

투어 여행에 쇼팽과 인연 있는 곳도 여러 군데 포함되었다. 쇼팽의 생가, 쇼팽이 세례를 받은 교회, 쇼팽 조각상이 있는 와지엔키 공원. 또 쇼팽 미니 콘서트까지 포함이다. 쇼팽을 초핑이라고 읽을 정도로 쇼팽에 관해 모르는 나지만 자유시간에 바르샤바 쇼팽 박물관에 갔다. 쇼팽이 직접 그린 일러스트가 전시되었다고 들어서다.

쇼팽이 그린 소묘가 몇 작품 전시되었다. 풍경화도 있었다. 폴란드의 버드나무를 그린 것 같았다.

바르샤바 성 십자가 교회에 쇼팽의 심장이 안치되었다고 한다. 쇼팽은 자신이 죽은 뒤에 심장만이라도 폴란드에 돌아가게 해달라고 누나에게 부탁했다는데, 그 소원이 이루어진 것이다.

투어로 그 교회에도 가게 되었다.

어떤 식으로 안치되었을까. 설마 알코올에 담긴 심장을 그대로 두었다거나…….

가슴이 두근거렸는데 심장은 교회 기둥 안에 안치되어서 외부에서 볼 수 없었다.

"그대의 보물과도 같은 곳에 마음도 있습니다."

기둥 현판에 새겨진 말을 가이드가 읽어주었다.

바르샤바 왕궁 광장은 무척 붐볐다. 길거리 공연도 있었다. 색색의 풍선을 파는 사람도.

수많은 관광객이 어슬렁어슬렁 산책하는 사이를 상당한 속도로 비집고 가는 것이 있으니, 전동 킥보드다.

크라쿠프에서도 바르샤바에서도 자전거 타는 사람보다 많다 싶게 킥보드를 타는 사람이 있었다. 앱을 다운로드해서 등록하면 거리 여기저기 놓인 킥보드를 타는 것(유료)이 가능해서 관광객도 편하게 사용했다.

왕궁 광장에 면한 옛 왕궁은 현재 박물관으로 공개되었다. 전시 중에 국외로 반출해 보관한 세간살이도 있는데, 건물은 전부 복원이다. 참고로 복원이 완전히 끝난 것이 2009년. 비교적 최근이다.

자유시간에 피로시키를 먹으러 갔다. 폴란드 만두다. 군만두도 있는데 물만두가 대부분이다. 관광객과 동네 아이들에게도 인기인 레스토랑의 메뉴를 보고 감탄했다. 피로시키 종류가 어마어마하게 많았다.

일본에서 먹는 만두와 차이점은 재료가 단순한 점이다.

감자 피로시키는 정말로 감자만 들어간다. 고기가 없다. 만두피에 해시드 포테이토를 넣은 느낌이다. 시금치와 치즈 피로시키, 버섯 피로시키, 호박 피로시키, 비트 피로시키. 전부 단품에 가까운 맛이고 사워크림을 얹어서 먹는다.

왕궁 광장에서 골목을 걸어가면 구시가지 광장이 나온다. 광장을 둘러싸고 고풍스러운 건물이 즐비한데 이것 역시 전후에 충실히 복원한 것이다.

광장에는 카페 텐트가 늘어섰고 관광객들로 붐볐다. 자유시간에 소프트크림을 먹으려고 노점에 줄을 섰는데 갑자기 폭우가 쏟아졌다. 서둘러 처마 밑으로 달려갔다.

빗줄기가 거셌다. 인적이 뚝 끊긴 광장. 15분쯤 지나 하늘이 맑아지자 뿔뿔이 흩어져 처마 밑으로 피신했던 관광객이 다시 광장에 돌아왔다.

"금 하나에 이르기까지"라고 일컬어질 정도로 폴란드 사람들의 손에 의해 정확하게 복원된 구시가지. 비에 젖은 돌길이 반짝반짝 빛나서 아름다웠다.

무지개가 뜨지 않았을까?

무지개는 태양 반대쪽에 생긴다. 얼른 전망 좋은 곳으로 갔다. 바르샤바 거리 낮은 곳에 무지개가 보였다.

폴란드 만두 '피로시키'도 맛있는데 쌀을 넣은 양배추롤도 촉촉하고 맛있었다. 폴란드는 요리에 잡곡을 많이 쓰는데, 양배추롤에도 들어갔다.

구운 돼지고기 요리인 '골롱카'는 가쿠니(족발이나 동파육과 비슷한 통삼겹살 조림 - 옮긴이) 비슷하게 매콤달콤한 맛이다. 폴란드의 커틀릿은 얇게 펴서 고운 빵가루로 튀긴다. 주로 감자를 곁들여 먹는다.

"폴란드는 빵이 맛있기로 유명해요."

가이드가 말했다.

여행지의 먹거리는 즐겁다.

여기에서 태어나고 자랐다면 평소에 이걸 먹었겠다고 상상하며 먹는다.

이걸 먹고 이 길을 걷고 여기 말을 하고 여기 말을 읽고 여기 말로 생각한다. 분명히 다른 인생일 텐데 왜일까, 내면은 나인 채로 변하지 않을 것 같다.

폴란드

폴란드의
고리
베이글

수도 바르샤바. 구시가지의 컬러풀한 거리 풍경.
제2차 세계대전으로 모조리 파괴되었으나 다시 복원되었다.

수프가
빵 속에
들어
있기도.

쥬렉

발효 호밀 수프

크라쿠프 중앙 광장에 세워진 옛 직물회관.
내부에는 기념품 가게가 가득.

피로시키
전문점도

재료는 다양하다. 다짐육이나
치즈 이외에 블루베리가 든
간식 같은 만두도.

폴란드식 만두 '피로시키'

퐁치키

달아

장미
잼이 든
도넛.

크라쿠프의 세계유산 비엘리치카 소금 광산.
엘리베이터를 타고 지하 깊숙이. 반드시 가이드와 동행할 것.

아우슈비츠-비르케나우 수용소.
전 세계에서 수많은 사람이 찾는 곳이다.

나가노 · 가루이자와

소금쟁이가 되었다

초여름 가루이자와에. 도쿄에서 신칸센으로 약 한 시간.
여행하는 기분에 빠질 새도 없이 가깝지만 가루이자와역에
내리면,

"와, 시원하다."

역시 유명한 피서지다. 순식간에 여행 온 기분이 든다.

우선 점심부터. 가루이자와 여행을 결심하고 약 한 달.

가이드북과 여러 유튜브를 매일 같이 보며 뭘 먹을지 행복한 사색에 잠겼다.

그 결과, 가루이자와 여행 첫 식사는 '몬젠 요쇼쿠 후지야'의 양식이었다. 가루이자와 프린스 쇼핑 플라자 안에 있는 인기 만점 가게인데 평일인 덕분에 점심때인데도 금방 들어갈 수 있었다.

여기에서 먹은 것은 '푸짐한 셀렉션&새우튀김'으로, 말하자면 어른을 위한 어린이 런치다.

얼마 지나지 않아 요리가 나왔다. 햄버그스테이크, 크림크로켓, 치킨 카레, 감자샐러드, 삶은 달걀. 큰 접시에 귀엽게 담겼다. 주인공인 새우튀김은 릴레이 바통 정도 크기여서 위엄 있었다. 특제 타르타르소스가 같이 나왔는데, 달걀이 듬뿍 들어가서 '타르타르소스' 자체가 단품 같았다. 주변을 둘러보니 대부분 어른을 위한 어린이 런치를 주문했다.

먹고 싶었던 음식을 하나 제패.

이어서 가루이자와 프린스 쇼핑 플라자(아웃렛)에서 쇼

핑. 쓰기 편해 보이는 가방을 발견해서,

크기가 괜찮은데? 하고 손에 들자마자 점원의 교묘한 영업 토크가 시작되었다.

"아침부터 벌써 세 개나 팔려서 이게 마지막이에요. 어제까지는 반값이었는데 오늘부터는 70퍼센트 세일이랍니다."

어, 70퍼센트 세일? 어, 오늘부터?

마음이 급해져서 사버렸다. 그런데 나중에 알고보니 이 가방, 한참 전에 유행이 지나서 '지금 들고 다니기엔 촌스러운' 모양이다. 아이고, 당했다.

코로나 상황에서 오랜만에 하는 오프라인 쇼핑. 특별히 원하는 것은 없지만 구경하는 것만으로도 즐거웠다. 엘엘빈에서 토트백을 산 뒤에는 먹고 싶었던 음식 제2탄인 미카도 커피의 모카 소프트. 커피맛 소프트크림을 벤치에 앉아 먹었다. 첫날은 호텔 레스토랑에서 저녁을 먹고 일찍 잤다.

가루이자와 관광은 다섯 개 구역으로 나뉜다. 아웃렛이

있는 가루이자와역 구역. 그밖에 미나미가루이자와 구역, 기타가루이자와 구역, 메인 스트리트라고 하는 구舊가루이자와 구역. 강을 따라 레스토랑과 기념품 가게가 모인 하루니레 테라스가 있는 나카가루이자와 구역. 둘째 날은 이 하루니레 테라스 안의 '베이커리&레스토랑 사와무라'에서 아침을 먹을 예정이었다.

6월 초순의 가루이자와는 아침저녁으로 아직 쌀쌀했다. 겉옷을 걸치고 외출했다. 사와무라 내부 진열장에 갓 구운 빵이 가득했다. 여유롭게 고르고 싶었는데 마찬가지로 아침을 먹으러 온 관광객이 있어서 부지런히 골라 테라스 자리에 앉았다.

아보카도와 참치 샌드위치는 아보카도가 입에서 녹을 듯이 부드러웠다. 바닐라 마르게리타는 주문과 동시에 구워서 치즈가 따끈따끈했다.

그리고 밀크 스틱. 일반적으로 밀크 프랑스라는 이름으로 불리는 빵인데, 사와무라의 밀크 크림은 연유처럼 진했고 아작거리는 설탕이 적절한 킥이 되었다.

"지금까지 먹은 밀크 프랑스 중에서 제일 마음에 들어!"

황홀경에 빠져 먹었다.

신록과 흐르는 강물 소리, 맛있는 빵. 떠안고 있던 귀찮은 일들이 한 아름, 두 아름은 작아진 것 같다. 기분 전환에는 여행이 최고다. 사와무라는 구가루이자와 구역에도 있어서 다음 날은 그쪽에서 런치로 라자냐를 먹었는데,

"지금까지 먹은 라자냐 중에서 제일 마음에 들어!"

라고 생각한 나였다.

미나미가루이자와 구역의 가루이자와 탈리아센에 갔다.

"탈리아센에 가주세요."

택시를 타고 목적지를 말했지만, 사실은 정체를 잘 몰랐다. 탈리아센이 뭐지?

가이드북에 따르면 '시오자와 호수에 펼쳐진 복합 리조트'이고 입장료가 필요하다. 호수 주변에 미술관도 있다고 한다.

왜 여기에 가려고 했냐면 워터볼을 타보고 싶어서였다.

워터볼. 투명하고 커다란 비치볼 안에 들어가 물 위를 걷는 그거다.

사람에게는 인생에 한 번쯤 해보고 싶은 것이 있지 않나. 나는 그게 워터볼이었다(이유→재미있을 것 같아서).

도착하고 알았는데 워터볼은 운행 중지였다. 그러나 나의 시선을 빼앗은 것이 있었다.

소금쟁이 보트다.

자전거에 보드 같은 것이 붙어 있는데, 페달을 밟으면 물 위를 쓱쓱 나아갈 수 있다고 한다.

"오히려 이게 더 재미있지 않을까?"

그런 이유로 당장 대여.

그렇게 나는 소금쟁이가 되었다. 핸들을 오른쪽으로 또

왼쪽으로. 호수 위를 자유롭게 이동할 수 있었다. 보트와는 또 다른 부유감이다.

오리들이 헤엄치며 뒤를 쫓아왔다. 나는 소금쟁이이자 오리들의 엄마였다. 미리 100엔어치 먹이를 사둬서 중간에 오리에게 먹이를 주며 호수 위를 산책했다. '소금쟁이는 즐겁겠다'라고 생각한 어린 시절의 나에게 알려주고 싶다. 어른이 되면 될 수 있어!

소금쟁이를 만끽한 다음은 탈리아센 안에 있는 페이네 미술관에 갔다. 오, 이 그림 나 아는데, 하고 반가운 느낌을 받았다. 중산모를 쓴 남자아이와 세련된 여자아이. 프랑스 화가 레이몽 페이네의 일러스트와 석판화가 전시되었다. 탄산수 기린 레몬의 경품 잔에 프린트되기도 한 그림이라고 하니 어려서 봤을지도 모른다. 또 여기는 미술관 건물 자체도 볼만하다. 건축가 안토닌 레이몬드가 별장 겸 아틀리에로 지은 여름 집을 지금은 페이네 미술관으로 이용한다. 천장까지 높이 튼 넓은 공간이 있어서 손님이 오면 2층에서 불쑥 나와 인사할 수 있는 재미있는 구조였다.

가루이자와 탈리아센. 간단히 말하면 작은 호수 주변을 산책하는 공원. 카페도 있고 운동 구역에는 고카트도 있어서 아이들도 즐겁게 놀 수 있다.

저녁은 '가와카미안'에서 소바. 돌절구로 제분한 소바가 유명하다고 한다. 면이 굵고 쫄깃해서 씹는 느낌이 아주 탄탄했다. 소박한 맛이 나는 소바였다. 바삭한 튀김이나 튀김옷 없이 튀긴 가지 아게다시처럼 단품 요리도 정성 가득했다. 특히 구라카케마메(말안장을 얹은 것처럼 생긴 일본의 전통적인 콩 품종 - 옮긴이) 절임이 산뜻하니 맛있어서 나도 콩 요리를 잘하고 싶어졌는데 어차피 내가 할 리 없다고 생각하며 식사를 마쳤다.

3박 가루이자와 여행. 동네 마트에 가고 구가루이자와에서 접시에 그림 그리기 체험을 하고, 전동 자전거를 빌려 구모바 연못이나 만페이 호텔까지 사이클링도 했다. 만페이 호텔에서는 당연히 존 레넌이 좋아했다는 로열 밀크티를 마셨다.

여행의 피날레는 가루이자와역의 '오기노야'. 서서 먹는 소바의 발상지라고 하고, 전에 먹었을 때 맛있었기에 이번에도 먹으러 갔다.

자판기에서 '가케소바' 버튼을 눌렀다. 티켓을 건네고 바로 눈앞에서 내 소바를 삶는 것을 지켜보며 기다렸다.

나왔다. 시치미를 팍팍. 가늘고 부드러운 면. 뜨끈뜨끈한 국물을 마시며 3분 만에 다 먹었다.

이제 돌아갈까요. 개찰구에 신칸센 티켓을 넣고 장마철 직전의 가루이자와에 작별을 고했다.

탈리아센에서
수상 자전거에
도전.

멋지다!
페달을
밟으면
전진할 수
있어!

와~

그렇다면
언젠가 그것도
가능할까?

물 위를
달리기
(동경한다).

지바

심야 디즈니씨

커피숍에서
예약했다

에라
모르겠다

　호텔 미라코스타에 묵으며 방문객이 떠난 심야의 도쿄 디즈니씨를 바라보고 싶어.

　예전부터 소원했던 것이 생각나 해 질 무렵, 카페의 테라스 자리에 앉아 아이스 커피를 마시며 좋았어, 지금 예약해야지, 하고 디즈니 공식 사이트에 접속했다.

　호텔 미라코스타란 디즈니씨 안에 있는 호텔로, 검색해

보니 객실 위치가 세 곳으로 나뉜다.

포르토 파라디조 사이드.

베네치아 사이드.

토스카나 사이드.

설명도를 보면 디즈니씨의 산(프로메테우스 화산)과 항구(메디텔레니언 하버)를 볼 수 있는 곳은 포르토 파라디조 사이드의 항구 뷰 객실이었다. 나는 이 경치를 객실에서 보고 싶었으니까 바로 공실을 검색했다. 한 달 뒤 공실이 있었다. 절차에 따라 예약을 진행하자 어트렉션을 선택할 수 있는 페이지가 나왔다. 디즈니의 시스템을 전혀 모르는 나는 당연히 망설이지 않고 선택했다.

나중에 알았는데 내가 신청한 것은 '도쿄 디즈니 리조트 베케이션 패키지'라는 상품으로, 결제 단계로 가서 금액을 보고 깜짝 놀랐는데 이 페이지에 오기까지 이미 20분이나 걸렸으니까 에라 모르겠다 하고 결제했다. 나중에 홈페이지를 잘 보니 디즈니랜드 공식 호텔을 예약하면 입장권은 무조건 확보할 수 있으므로 나는 단순히 '호텔 객실만'을 클릭하면 됐었다.

출발 4~5일 전에 티켓과 팸플릿이 택배로 집에 도착했다. 베케이션 패키지를 자세히 설명하자면, 줄을 서지 않고 탈 수 있는 어트렉션 티켓 세 장이 있다. 또 쇼 두 개를 감상하는 티켓과 음료권, 오리지널 굿즈 교환권. 그리고 팝콘도 받을 수 있다.

"어라? 어트렉션 티켓이 세 장?"

원고를 쓰는 지금, 내가 고른 어트렉션 세 개 중 '매직 램프 시어터' 티켓을 깜박하고 쓰지 않은 것을 깨달았다. 원통하도다…….

예약할 때 고른 어트렉션은 '매직 램프 시어터'와 '인디아나 존스 어드벤처'와 '소어링: 판타스틱 플라이트'였다.

너무 격렬하지 않은 것을 골랐는데 '소어링: 판타스틱 플라이트'에 관한 지식이 전혀 없었다.

"이름이 판타스틱이니까 무섭진 않겠지."

하고 선택했을 뿐이다. 그런데 알고 보니 인기 어트렉션이어서 주말에는 2~3시간은 줄을 서야 한다고.

그리하여 7월 초, 디즈니씨 당일.

입장은 오후 2시를 지나서(이 시점에서 티켓이 있던 12시 쇼를 놓쳤다).

우선 무료 음료를 받을 준비부터. 이 상품은 디즈니씨의 음료를 무료로 마실 수 있다. 목에 거는 티켓 홀더를 주는데, 거기에 음료 티켓을 넣어달라고 했다. 이걸 지정 음식점에 제시하면 음료를 마음대로 마실 수 있다고 한다. 시험 삼아 눈에 띈 근처 카페에 가서 타피오카 라테를 주문했더니 공짜였다.

2022년에 20주년을 맞이한 디즈니씨. 기념 굿즈가 진열되었다. 나는 디즈니씨가 개장하기 전에 우연히 사전 티켓 같은 것을 얻어서,

"디즈니씨가 뭐지?"

가벼운 마음으로 간 적이 있다. 초대 손님만 있어서 놀이공원이 한산했고, 어트렉션 전부 대기 시간이 없는 것이나 마찬가지였다. 당시 나는 그게 얼마나 축복받은 상황인지 이해하지 못해서 어트렉션은 두세 개쯤 타고, 카페에서 차를 마시고 어슬렁어슬렁 산책하며 보냈다. 그래도 굉장히 즐거운 곳이라 생각했고 특히 '해저 2만리' 구역은 어린 시절 동경했던 '미래' 풍경 그 자체였다. 이런 것을 잘도 디자인하고 실물로 만들었다고 대단히 감탄했다. 이후로도 몇 번 더 놀러 갔는데, 마지막으로 간 이후로 이번이 15년 만이다.

예전에는 '스톰 라이더'였던 어트렉션이 '니모&프렌즈 씨 라이더'로 바뀌었다. '스톰 라이더'는 비행기가 폭풍에 휘말린 설정의 영상 쇼로 하늘을 나는 기분을 느낄 수 있어서 꽤 좋아했다.

그런데 이번에는 그 이상 가는 새로운 어트렉션이 있었다. 예비지식 없이 적당히 예약한 '소어링: 판타스틱 플라이트'다. 이것도 영상을 보며 하늘을 나는 기분을 느끼는 비행

시뮬레이션 어트렉션인데, 박진감이 대단했다. 행글라이더를 타고 세계 여행하는 설정인데 알프스산맥, 사막, 만리장성 상공을 자유자재로 날아다니는 느낌이다. 3D 안경을 쓰지 않는데도 영상에 원근감이 있어서 가짜인 줄 알면서도 관객들은 백곰에게 손을 흔들고 앞에서 날아오는 새를 피했다. 그리고 비행이 끝나자 우레와 같은 박수. 길고 긴 코로나 시기, 이렇게 다 같이 기뻐하는 것은 오랜만이었다.

무료 음료권으로 마실 것을 확보하며 디즈니씨를 산책했다. 지도가 필요해서 찾았는데 종이 지도는 이제 없나보다.

배도 탔다. 메디텔레니언 하버에서 승선해 다리를 지나고 아메리칸 워터프론트를 지나 '인디아나 존스 어드벤처'가 있는 로스트 리버 델타까지.

배는 여유롭게 나아갔다. 도중에 해안에서 손을 흔드는 사람이 있어서 당연히 같이 흔들었다.

진짜가 아닌 바다, 진짜가 아닌 해안.

이곳은 바깥세상에서 일어나는 각종 문제와 무관하게

너무도 평화로워서 눈물이 났다.

평일인 덕분에 '인디아나 존스 어드벤처'의 대기 시간이 5분이었다.

베케이션 패키지 티켓, 쓰지 않아도 될 것 같은데?

그래도 입구에서 직원에게,

"쓸 필요는 없을 것 같긴 한데요……."

조심스럽게 예약 티켓을 제시하자,

"조금이라도 빨리 탈 수 있으니까 꼭 쓰세요!"

발랄하게 대답하더니 특별 입구로 안내해주었다. 실제로 2분 정도는 빨리 탄 것 같다.

밤 9시. 문을 닫는 시간. 드디어 염원하던 호텔 미라코스타로.

객실로 들어갔다. 창밖에 메디텔레니언 하버와 프로메테우스 화산이 보였다. 멀리 진짜 바다도 보이는, 내가 보고 싶었던 경치가 갖춰진 방이어서 안심했다.

호텔 창문에서 아래를 내려다보자 놀이공원을 즐긴 사

람들이 줄줄이 출구를 향해 걷고 있었다. 스마트폰 불빛을 하늘에 대고 흔드는 사람들이 있었다. 그에 호응해 미라코 스타 숙박객들이 스마트폰 불빛을 켜고 손을 흔드는 것도 하나의 여흥인 듯해서 나도 방 불을 끄고 스마트폰을 흔들 었다. 빛을 함께 흔들며 기뻐하는 한때. 평화로운 광경에 또 눈시울이 뜨거워졌다.

저녁은 룸서비스로 파스타와 샐러드.

그리고 마침내 찾아온 조용한 심야.

손님이 떠난 놀이공원. 때때로 하얀 밴이 천천히 지나갔 고, 경비원인지 자전거를 탄 사람이 보였다. 항구도 다리도 건물도 화산도 전부 만든 것인데 손님이 없으면 신기하게 진짜처럼 보여서 먼 나라로 여행 온 것 같았다.

얼마쯤 지나자 매핑 테스트가 시작되어 건물에 다양한 영상이 나타났다. 색 조합이 핼러윈 같았다. 생각보다 오랫 동안 했다. 밤새 했을 수도 있다.

다음 날 아침 8시가 지나서부터 입장이 시작되자 창밖

에 고요했던 밤 세계는 이제 없었다. 집에 갈 준비를 하며 창 너머로 막 입장해서 희망에 찬 사람들을 보는 것도 좋았다.

디즈니씨.

언젠가 또 한밤중의 프로메테우스 화산을 보러 가고 싶다.

* 베케이션 패키지는 2022년 당시 정보입니다.

즐거운 조식 뷔페

하코다테 3박 4일 여행이다.

평일이어서 당일 아침, 도쿄역에서 신칸센 티켓을 쉽게 구했다. 신하코다테 호쿠토역까지 4시간 21분. 도중에 센다이나 모리오카를 지나면서,

'사사카마(조릿대잎 모양으로 만든 어묵으로 센다이의 명물 – 옮긴이) 먹고 싶다, 냉면 먹고 싶다.'

벌써 다음 여행을 공상했다.

종점 신하코다테 호쿠토역에서 철도를 갈아타 하코다테 역으로.

10월 초순. 하코다테의 기온은 15도 전후인데 비가 와서 체감 기온은 훨씬 낮았다. 호텔에 짐을 맡기고 우선은 점심이다.

"소금 라면, 소금 라면."

라면 가게로 가다가 '우니 무라카미' 앞을 지났다. '우니 무라카미'는 성게 가공회사에서 직접 운영하는 성게 요리점으로 명반 처리하지 않은 무첨가 성게를 잔뜩 얹은 '성게 덮밥'이 명물이다.

"성게, 성게."

머릿속 목소리가 소금 라면에서 '성게'로 바뀌었고 마침 빗줄기도 강해져서 '우니 무라카미'로 들어갔다.

당연히 주문한 것은 성게 덮밥. 전에도 온 적이 있는데 기억하는 그대로 맛있었다. 또 이번에 처음 먹은 성게 튀김

에도 혀가 녹을 것 같았다……. 따끈따끈하고 몽글몽글한 크림 같아!

아아, 하코다테, 최고잖아. 식사를 마치고 밖으로 나왔더니 비가 옆으로 내렸다. 우산이 뒤집힌 사람도 있었다.

이런 날에 어울리는 하코다테 관광명소라면 해안의 가네모리 아카렌가 창고다. 창고로 쓰이던 건물을 보수한 곳으로, 기념품 가게나 음식점이 입점해 있다. 특별히 사고 싶은 것은 없어도 매번 한 번은 봐야 하는 곳이다. 쭉 둘러보고 하코다테 양과자 스나플스의 '홍차 생초콜릿'을 한 상자 샀다. 입에 넣으면 사르르 녹는데 은은하게 나는 홍차 향이 기분 좋았다.

이어서 하코다테 특산 버거숍인 '럭키 피에로'. 햄버거뿐 아니라 카레라이스, 오므라이스, 야키소바, 술까지 갖춘 패밀리레스토랑 같은 패스트푸드점이다. 아카렌가 창고 바로 옆 마리나 스에히로점에서 오후의 휴식을. '럭키 포테이토'와 카페오레를 주문했다.

'럭키 포테이토.'

감자튀김 위에 화이트소스와 미트소스와 따끈따끈한 치즈를 얹은 음식이다.

칼로리, 내 알 바임?

이런 마음가짐으로 먹어야 하는 음식이다. 접시가 아니라 머그잔에 감자튀김을 꽂은 모양도 즐겁다.

호텔로 돌아와 잠깐 쉬고 저녁은 '하코다테 멘추보 아지사이'에서 소금 라면. 내일 아침을 대비해 하프 사이즈를 주문했다.

요즘 하코다테에서는 호텔 조식 뷔페의 열기가 뜨겁다고 한다. '라비스타 하코다테 베이' '하코다테 국제 호텔' '센추리 마리나 하코다테.' 주로 이 세 군데 호텔에서 치열하게 뷔페 경쟁을 벌인다고 한다. 연어알 무한 제공이나 아침부터 샴페인 무한 제공이 뭔가 대단해 보여서 이번에는 그중 하나인 센추리 마리나 하코다테를 예약했다.

자, 전날 밤 소금 라면을 하프 사이즈로 먹고 도전한 조식 뷔페다.

첫날은 해산물 중심. 연어알, 참치, 오징어회를 잔뜩 얹어서 오리지널 해산물 덮밥. 맛있는 요리가 잔뜩 있었는데 아쉽게도 이걸로 배가 꽉 찼다. 다음 날은 따뜻한 요리를 중심으로 구운 성게 주먹밥 오차즈케(밥에 여러 가지 고명을 얹고 찻물을 부어 먹는 것 - 옮긴이), 미트 스파게티, 키슈와 꼬치 튀김.

마지막 날은 해시드 비프와 마파두부, 생크림을 얹은 팬케이크로 마무리했다.

당시에는 하코다테에서 3박이니까 1박씩 다른 호텔로 잡아 조식을 비교해도 좋았겠다고 후회했다. 그러나 같은 호텔에 연속해서 묵은 덕분에 '먹고 싶었던 것을 얼추 다 먹었어!'라고 만족할 수 있었다. 언젠가 다른 호텔에도 묵어야지, 당연히 연박으로.

하코다테 여행.

여행 둘째 날은 호텔에서 걸어서 모토마치로. 가는 길에 '안젤리크 보야쥬'라는 양과자점에 들러 생트뤼프 초콜릿을 포장했다.

언덕 위 모토마치 일대는 정취 있는 서양 건물과 교회가 많은데, 골목으로 들어가는 길고양이 사진을 찍으며 산책했다. 언덕을 내려와 해안 지역으로 가는 도중에 하코다테산 꼭대기 전망대로 가는 케이블카 승강장이 있었는데 정기 점검 중이어서 운행하지 않았다. 매년 9월 하순부터 11월 중순까지 케이블카를 운영하지 않아 이 시기에는 전망대까지 버스나 택시를 이용해야 한다. 야경을 보러 정상까지 몇 번 간 적 있어서 이번에는 그냥 걸어서 바다를 보러 갔다.

하코다테산을 등지고 노면전차 호라이초역에서 오른쪽

으로. 저벅저벅 걷는데 앞에서 바다 느낌이 났다. 쓰가루 해협이 보이기 시작했다. 바다를 볼 수 있는 카페가 있어서 잠시 쉬었다.

특이한 메뉴를 발견했다. 소다를 섞은 엘더플라워 시럽이다. 아주 예전에 도쿄 레스토랑에서 마셔보고 너무 맛있어서 감격했던 기억이 나 망설이지 않고 주문했다.

머스캣처럼 상큼한 향과 단맛.

그래그래, 이거야!

참고로 엘더플라워는 딱총나무꽃으로, 해리 포터의 마법 지팡이를 이 나무로 만들었다.

저녁에는 하코다테역 앞 '시나노'에서 소금 라면을 먹었다. 국물에 감칠맛이 풍부했다. 소금 라면도 스타일이 다양하다 싶어 재미있었고, 첫날 먹은 '하코다테 멘추보 아지사이'의 소금 라면도 맛있었으니까 굳이 갑을을 가리진 않겠다.

여행 셋째 날은 요새 고료카쿠에. 고료카쿠 타워에 올라갔더니 체험 학습을 온 초등학생이 가득해서 왁자지껄했다. 가장 높은 전망대는 지상에서 90미터.

"저기 봐! 사람이 엄청 작아!"

아이들의 솔직한 감상이 가슴을 울렸다.

하코다테, 쾌청.

고료카쿠 타워에서 전날 방문한 해변 카페 주변도 보였다.

문득 쓸쓸함을 느꼈다. 어제 여행이 이미 과거가 된 것이 쓸쓸했다.

내 인생은 이제 미래보다 과거가 더 많다.

그 사실에 놀라는 것은 나뿐이다.

타워를 내려와 고료카쿠 공원을 한 바퀴 돌았다. 그런 다음 궤도에서 튕겨나가는 것처럼 길로 나가 '롯카테이 고료카쿠점'에.

'롯카테이'는 건포도 버터 샌드로 유명하다.

카페 코너에서 '햇밤 샹티'라는 가을의 밤 디저트를 먹고 싶었는데 이미 품절이었다. 대신 '캄파나후라노'와 '꽃목걸이'를 커피와 함께 먹었다.

'캄파나후라노'는 포도 한 알 한 알을 초콜릿으로 코팅한 디저트. 작은 상자에 담아 팔았다. 포도의 싱싱함과 산미가 화이트초콜릿과 어울려 무한정 먹을 수 있을 것 같았다. 신제품인 '꽃목걸이'는 완숙 매실 시럽에 적신 사바랭 같은 디저트. 카페 코너에서는 생크림을 얹어서 준다. 빵이나 스펀지 생지에 액체를 적셔 먹는 것을 좋아하는 나에게 '꽃목걸이'는 최강이었다. 더 먹고 싶어....... 그러나 밤에는 초밥을 먹어야 하니까 참아야지.

자, 그래서 하코다테 마지막 밤에는 예약한 초밥집에.

카운터 자리에 앉아 초밥을 즐길 줄 아는 어른은 멋있다.

초밥 요리사와 나누는 자연스러운 대화. 일본 술을 마시면서 가볍게 안주처럼 즐기는 초밥.

나는 그런 어른이 되지 못했다. 앞으로도 될 것 같지 않고, 되고 싶은지 자문하면 꼭 되지 않아도 괜찮지 않나 싶다 (무슨 소린지). 식사하면서 가게 사람과의 어울림을 추구하지 않는 타입인 것만은 확실하다.

그래도 이번 여행에서는 카운터 자리에서 먹는 초밥에 도전했다. 코스여서 나오는 음식을 먹으면 그만이고 18시 ~20시, 20시~22시 30분 2부 교체라는 조직적인 느낌이 편해서 좋았다.

시간에 맞춰 가게에 도착. 카운터 자리는 여섯 석, 테이블 자리 두 석인 가게는 아담하고 청결했으며 원목 카운터는 30년이나 된 가게라곤 믿어지지 않게 아름다웠다.

한입 크기의 연어알 덮밥과 구운 가리비, 전복, 게, 방어 초밥, 전부 맛있었다.

계산하려고 했을 때, 초밥 마니아 같은 손님이,

"박고지 말이 주세요."

라고 말하자 요리사가 바로 만들어주었다. 저건 별도 요금일까? 나도 주려나 살짝 기대했는데 말하지 않으면 주지 않나보다. 초밥집 규칙은 도무지 모르겠다.

돌아오는 길, 아쉬운 마음에 '럭키 피에로'에서 따뜻한 커피를 마셨다. 바다가 보이는 자리에 앉아 짧은 여행을 되짚었다.

아카렌가 창고, 모토마치, 고료카쿠, 성게 덮밥, 소금 라면, 호텔의 조식 뷔페, 롯카테이의 디저트와 회전하지 않는 초밥……. '안젤리크 보야쥬'에서 포장한 생트뤼프 초콜릿은 얇은 초콜릿 안에 부드러운 생크림이 들었는데 입에 넣자마자 금방 녹아 사라졌다. 맛있다고 버둥거리며 호텔 방에서 야금야금 먹었다. 코미디 듀오 샌드위치 맨의 이론에 따르면, 녹아서 사라지는 것은 분명 0칼로리다. 당연히 알고 있었지만 역시 먹을 것이 풍부했던 하코다테 가을 여행이었다.

롯카테이
고료카쿠점에
갔더니

판매하는
디저트를
앞에 두고

우아
아앗.

우아
아앗.

우아
아앗.

손님들이
"우아아앗"
하고
감동하는 것이

고민
된다~

이것도
먹고
싶어.

이거
사야지.

으아앗!

전해졌
습니다.

오키나와 · 나하

타코와 영화와 산책

타코는 고개를
기울이고

야금

3월 초순, 나하의 벚꽃을 보고 싶었는데 한발 늦었다. 그래도 응달에 자란 벚나무 가지에는 진분홍색 벚꽃이 조금 남아 있었다.

해가 지기 전, 야치문 거리를 산책하러 갔다.

완만한 언덕길에 도자기 가게가 쭉 늘어선 정취 있는 거리다. 길고양이가 이곳저곳 유유히 다니는 동네인데 나는 허둥지둥 사진 촬영을 하느라 바쁘다. 어떤 각도에서 봐도 고양이는 귀여워서 나도 모르게 찍게 된다.

야치문 거리 근처 류큐 음식점에서 이른 저녁을 먹었다. 고민가를 이용한 레스토랑이다. 세트 메뉴가 몇 개 있었는데, 내가 고른 오키나와 소바 세트에는 가쿠니(일본식 돼지고기 찜)와 여주 참프루(여주와 채소, 스팸 등을 볶은 음식), 지마미(땅콩) 두부, 큰실말 무침, 주시(쌀, 고기, 생선, 야채 등을 섞어 지은 영양밥-옮긴이) 등이 나와 보기에도 즐거웠다. 육수가 담백하고 맛있었다.

사실 여기에서 밥 먹기 전, 나하에 도착하자마자 공항에서 이미 무언가를 먹었다.

타코다.

전에 TV에서 소개하는 것을 보고 '꼭 먹어야지!' 하고 결심했다. 그러나 캐리어를 돌돌 끌면서 가게를 찾아다녔는데 보이지 않았다. 한참 헤매다가 나하 공항 국제선 터미널 4층에서 간신히 발견했다. 가게 이름은 '파스타코'였다.

타코의 토르티야는 바삭함과 촉촉함의 중간쯤.

"나하에 갈 즐거움이 늘었어!"

나하에 오면 또 반짝 생각나겠다 싶게 맛있었다.

이번 여행은 국제 거리에서 가까운 가성비 좋은 호텔에서 4박. 멀리 가지 않고 나하에서 밥을 먹고 산책하고 영화관에서 영화를 보며 여유를 즐길 계획이다. 성급하게도 하네다에서 나하로 가는 비행기(신기하게 국제선 비행기였다!)에서도 영화를 봤다. 미나토 가나에 씨 원작의 〈모성〉이었다. 불이 치솟는 집 안에서 도다 에리카 씨가 "엄마!" 하고 절규하는 연기에 감동했다.

나하 여행 둘째 날.

선크림을 듬뿍 바르고 거리로 나갔다. 아침을 먹기 위해서다. 가게에 도착했더니 오픈 30분 전인 8시 반. 일등이었다.

나 너무 들떴나?

한동안 뒤에 아무도 없어서 부끄러웠는데, 오픈 15분 전
이 되자 제법 줄이 길어졌다.

'시앤시 브렉퍼스트 오키나와(C&C BREAKFAST OKINAWA)'
는 나하의 맛있는 아침으로 검색하면 반드시 나오는 가게다.

인기 있는 수플레 팬케이크를 주문했다. 폭신폭신 수플
레 팬케이크와 신맛 나는 크림을 같이 먹으면 식욕이 자극
되어 아침으로 완벽한 요리다. 이 가게는 에그 베네딕트도
유명해서 손님들 대부분 수플레 팬케이크나 에그 베네딕트
를 주문했다. 나는 이 '에그 베네딕트'라는 이름이 영 외워지
지 않아 매번 "에그 베네…… 어쩌고"라고 말하는데, 요리를
기다리는 동안 에그 베네딕트, 에그 베네딕트라고 반복하면
서 간신히 외웠다. 머핀 위에 수란과 베이컨이 올라가고 거
기에 홀란다이즈 소스라는 레몬맛 소스를 얹은 요리다.

그런데 베네딕트는 무슨 의미일까?

위키피디아를 보면 인명 같은데, 유래가 된 인물이 여럿

인가보다.

오후에는 영화관에서 영화 보기. 예비지식 없이 개봉 첫날 〈에브리씽 에브리웨어 올 앳 원스〉를 예매했다. 훗날 제95회 아카데미상 작품상과 감독상을 비롯해 7개 부문을 수상한 영화다.

조명이 꺼지고 영화가 시작되었다.

스크린이 관객에게 압박을 가한다.

"자, 이것을 어떻게 볼 것인가"라고.

영화가 무슨 내용인지 물어도 설명을 잘할 자신이 없다. 영화관에 있던 팸플릿 문장이 모든 것을 말한다. '어서 오라, 최첨단 카오스에.' 그야말로 카오스. 영화를 다 보고 나오는데 '뭔가 굉장한 것을 봤어……' 하고 머릿속이 빙글빙글 돌았다.

저녁은 예약한 오키나와 음식점에서. 부드러운 맛이 나는 음식을 먹자 마음이 놓였다.

꽃가루 알레르기가 심해서 봄은 고행의 계절이다. 잠시 꽃가루 문제를 잊고 봄을 즐길 수 있는 것이 나하 여행이다.

햇살이 뜨거운 낮에는 영화관에서 영화 보기. 사쿠라자카 극장이라는 미니 시어터 영화관에서는 인도 영화 〈RRR〉을 봤다.

가끔 너무너무 보고 싶어지는 화려한 인도 영화. 호화로운 세트에 호화로운 의상. 갑자기 시작되는 노래와 춤. 가부키로 말하자면 '미에(극이 절정에 달할 때 배우가 움직임을 멈추고 시선을 모으는 포즈를 취하는 연기 - 옮긴이)'처럼 노린 장면이 군데군데 나와서 "오오오!" 하고 압도되는 점이 좋다. 〈RRR〉에서 내가 제일 "오오오!" 했던 장면은 차 짐칸에서 맹수들과 함께 주인공 중 한 명이 튀어나오는 장면. 이 장면이 포스터로 있으면 방에 걸어두고 싶다고 생각하며 봤다. 무대는 영국 식민지 시대 인도로, 영국군이 끌고 간 마을 소녀를 구하는 이야기였다.

현청역 근처 영화관 시네마 팔레트에서는 〈엔니오: 더 마에스트로〉를 봤다. 이탈리아 작곡가 엔니오 모리코네의 다큐멘터리 영화다. 이걸 본 이유는 상영 시간이 마침 맞았으니까.

모리코네는 〈시네마 천국〉이나 〈원스 어폰 어 타임 인 아메리카〉 등 다양한 영화 음악을 만든 인물이어서 영화 마니아라면 당연히 아는 유명인이지만, 나란 사람은 나하에서 이 영화를 보지 않았다면 평생 모르고 죽었을 가능성이 높다.

모리코네가 오선지에 음표를 그리는 장면이 있었다. 종이 위에 음표를 늘어놓기만 해도 그의 머릿속에는 멜로디가 흐른다.

형태도 없다. 만질 수도 없다.

음악을 만든다는 것은 어떤 감각일까? 머릿속에서 색을 만드는 것과 비슷할까.

산책하다가 아름다운 저녁놀을 보면.

'저 색은 어떻게 만들지?'라고 생각할 때가 있다.

화이트에 레몬옐로, 라이트마젠타를 살짝 넣고 플레시 (피부색을 뜻하는 용어 - 옮긴이)도 약간, 스카이블루를 1밀리 그램 정도. 머릿속 팔레트로 저녁놀 색을 만든다. 〈엔니오: 더 마에스트로〉를 보며 음악과 색을 생각했다.

순식간에 흘러간 3월 초, 나하 여행.

피자도 먹고, 스파이스 카레도 먹었다.

나하 여행에서 피자와 카레?

그래도 좋다.

꽃가루 없는 봄을 마음껏 누리며 여기 사는 것처럼 지낸 여행. 그날 먹고 싶은 것을 먹는다.

저녁을 먹고, 매일 밤 국제 거리의 기념품 가게를 둘러보 는 것은 일종의 걷기 운동.

많이 걸었으니까 간식 먹어도 되겠지?

호텔 방에서 오키나와 과자를 입에 넣었다.

꽃가루 알레르기가 있어서 삼나무 꽃가루 없는 오키나와는 봄 여행에 최고.

영화관에서 영화를 보고

카페 테라스에서 차를 마시고

도쿄에서 누릴 수 없는 봄을 만끽했습니다.

스위스

느긋한 알프스 하이킹

하이디의
나라에

스위스.

알프스 산들.

지금껏 동경했던 이유는 애니메이션 〈알프스 소녀 하이디〉의 영향이다. 오프닝으로 흐르는 아름다운 요들송을 들으며 어렸던 나는 이 세상이 얼마나 넓은지 알았다.

그리하여 마침내 스위스로 여행을 가기로 했다. 스위스

산을 하이킹하는 것이 목적인데, 나는 스위스 산에 관해서는 하여간 아무것도 몰랐다. 여행 서적『루루부 스위스』를 숙독했으나 하이킹 코스가 너무 많아서 뭘 선택하면 좋을지 판단할 수 없었다. 애초에 어디에 숙박해야 좋을까?

이럴 때는 역시 초보자의 든든한 아군, 투어 여행이다. 취리히와 베른 시내 관광을 하고 하이킹은 전부 자유 여행으로 구성된 상품을 신청했다.

이번 여행에서 하이킹 기회는 두 번.

한 번은 아이거, 묀히, 융프라우를 바라보며 한 시간 반쯤 걷는 하이킹이었다.

아이거.

높이는 3,970미터.

이번 여행을 가기 전에는 전혀 몰랐던 산이었다(이보쇼). 스위스를 대표하는 산 중 하나로, 알프스 3대 북벽이라 불리는 험준한 등산 루트가 있다. 물론 이번에 나는 아이거 북벽을 올려다보기만 했다.

그렇다면 숙소 문제. 아이거, 묀히, 융프라우를 바라보는 하이킹을 하려면 그린델발트나 인터라켄에서 숙박하는 것이 기본이라고 한다. 산으로 가는 곤돌라나 등산철도 승강장이 가까운 곳은 그린델발트로, 산골짜기에 있는 소박한 동네다. 인터라켄은 거기에서 전철로 30분 정도 떨어진 곳이다. 산에 가기 편리한 곳은 그린델발트지만 인터라켄은 한국 드라마 〈사랑의 불시착〉의 무대가 된 호수가 있고 레스토랑이나 가게가 많아 동네가 활기차다. 여행에서 만난 독일인 노부부는 하이킹은 하지 않고 인터라켄 거리에서 2주간 느긋하게 보내겠다고 했다. 말하자면 피서지다.

인터라켄에서 가뿐하게 갈 수 있는 전망대도 있다. 하더 클룸 전망대인데, 케이블카를 타고 10분 만에 편하게 올라갈 수 있다. 투어에 포함이어서 나도 같이 갔는데 아이거, 묀히, 융프라우를 파노라마로 볼 수 있고 전망대에는 경치가 장관인 카페도 있었다. 스위스 관광의 장점은 나이나 체력에 맞춰 저마다 자연을 만끽할 수 있다는 점이다.

나는 그린델발트 호텔에 묵는 상품을 선택했다. 밤에 도착했기에 창밖 경치가 전혀 보이지 않았는데, 다음 날 아침 커튼을 젖히자마자,

"와아아아!"

소리가 절로 나왔다.

거기 거대한 아이거가 있었다.

평소 하이킹이라곤 전혀 안 하는 내가 스위스 산을 하이킹하기로 결심하고서 선택한 코스는 '맨리 헨'에서 '클라이네 샤이덱'을 걷는 코스였다. 완만한 내리막길이 이어지는 초보자 대상 루트라고 한다.

먼저 그린델발트 터미널역에서 곤돌라에 승차. 여긴 그린델발트역 옆에 새로 세워진 역인데, 밴이라는 곤돌라를

타자 순식간에 이번 하이킹 코스의 출발점인 맨리 헨에 도착했다. 2019년에 만들어진 신형 곤돌라라고 한다.

그나저나 스위스 물가는 엄청나다. 판 초콜릿 하나가 400엔 정도였다. 마트에서 도시락을 사도 2,000엔을 거뜬히 넘겼다. 일본에서 온 나는 일일이 놀랐는데, 스위스에서 사는 사람들에게는 일상이었다. 애초에 스위스는 인건비가 높은데, "레스토랑 홀 스태프의 시급이 4,000엔 정도부터예요"라고 투어 인솔자가 설명했다.

자, 곤돌라 밴을 타고 출발이다. 놀이공원의 관람차처럼 곤돌라가 차례차례 오는데, 개찰구로 들어가서 각자 자유롭게 타는 방식이었다. 성수기는 어떨지 모르겠는데 9월 평일은 거의 전세를 낸 상태였다.

알프스가 가까워~!

상공을 우러르면 아이거 북벽. 압권이다. 새가 되어 알프스를 날아다니는 기분이랄까?

hiking course 1

하이킹 코스 1

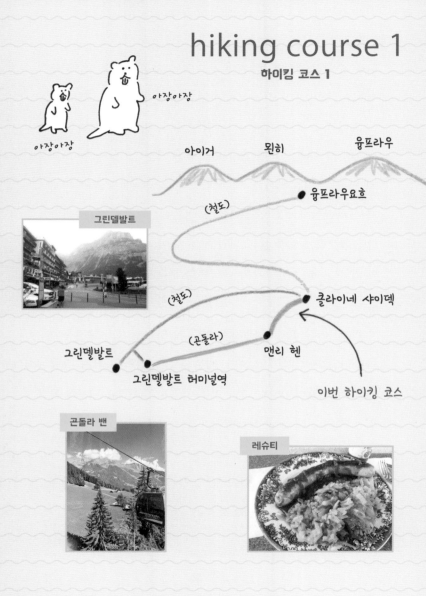

아장아장

아장아장

아이거   묀히   융프라우

융프라우요흐

(철도)

그린델발트

클라이네 샤이덱

(철도)

(곤돌라)

그린델발트   맨리 헨

그린델발트 터미널역

이번 하이킹 코스

곤돌라 밴

레슈티

체력적으로 하이킹이 불안한 사람도 이 곤돌라를 타면 알프스를 만끽할 수 있다.

연령대가 다양한 가족이 외국을 여행한다면 스위스가 괜찮지 않을까? 할아버지와 할머니, 아기로 구성된 팀은 곤돌라나 등산열차로 왕복 관광. 젊은 사람들은 하이킹. 어디에서 어떤 방식으로 봐도 산은 아름답고 산의 추억도 공유할 수 있을 것이다. 다만 가격을 생각하면 일가족이 파산할 게 분명하다.

곤돌라 밴으로 공중 산책을 하고 맨리 헨에 도착했다. 밖으로 나왔더니 아동용 놀이기구와 놀이터가 있고, 덩치 큰 소들이 어슬렁거렸다.

널찍한 오픈 카페가 있어서 우선 허기를 달랬다. 실내 자리도 있었는데, 카운터에서 요리를 골라 계산하고 원하는 자리에 앉는 시스템이었다. 스위스는 의외로 현금을 주로 사용했다. 카드도 쓸 수 있는데, 계산할 때 조금 큰 금액을 내도 싫어하지 않았다. 통화는 스위스프랑. 팁이 없는 점도 편했다.

모처럼 왔으니 스위스 명물 '레슈티'를 주문했다. 잘게 썬 감자를 굳혀서 구운 요리다. 거대한 소시지가 같이 나왔다. 한 접시에 아마 4,000엔 정도 했을 것이다. 병에 담긴 혼합 주스도 사서 테라스 자리로 갔다. 마트에서 산 바나나도 같이 먹었다.

햇살이 따갑고 기온이 30도를 넘었다. 만약을 위해 가방에 패딩을 넣어 왔는데 반소매로도 충분했다. 그래도 산 날씨다. 9월 초순답게 무덥다고 생각했는데, 바로 얼마 전인 8월 말에는 눈이 내렸다고 했다.

다양한 나라에서 온 관광객으로 붐볐다. 독일, 프랑스, 이탈리아, 오스트리아에 둘러싸인 스위스다. 하이킹할 마음이 전혀 없는 고령자 일행이 새파란 하늘 아래에서 와인을 마시며 담소를 나눴다. 이탈리아인일까? 즐거워 보였다.

외출할 수 없었던 코로나 시기를 함께 살아온 사람들이다.

드디어 스위스 산 하이킹.

맨리 헨에서 클라이네 샤이덱까지 약 한 시간 반 코스다. 가는 곳마다 이정표가 있는데 헤매려야 헤맬 수 없는 코스다. 꽃 시즌은 끝나서 고산식물에 흥미 있는 사람이라면 9월은 조금 늦다.

아장아장 걸었다. 정말로 아장아장이었다. 경사가 거의 없어서 나이 많은 사람도 생각보다 많이 걷고 있었다.

이 코스가 좋은 것은 전방 풍경이 내내 아름답기 때문이다. 아이거, 묀히, 융프라우가 눈앞에 펼쳐지는데, 나는 어느 것이 어떤 산인지 모르지만 베터호른도 보인다고 한다. 어쨌든 뒤를 돌아 경치를 볼 필요가 없다. 무조건 앞을 보며,

'진짜 기분 좋다!'라고 느끼면 된다.

군데군데 벤치가 있고 도중에 점심을 먹는 사람들도 있었다. 같은 투어에 참가한 가족이 점심을 먹고 있어서,

"안녕하세요."

하고 손을 흔들었다. 이번에는 열다섯 명 규모의 여행객을 만났는데, 젊은 부부는 유럽 최고 지점 철도역에 있는 전망대 융프라우요흐까지 간다고 했다. 하이킹을 하지 않는 가족도 있었다.

예전 같았으면 '모처럼 스위스에 왔으니까!'라는 마음에 무리했을지도 모르나 지금 나는 '적당한 코스라서 좋네'라고 생각한다.

어린 시절에 꿈꿨던 하이디의 세계. 지금 내가 그 안에 있다. 하이디의 오프닝 주제가가 머릿속에 울려 퍼졌다.

왔어.

스위스에 왔어.

어린 시절의 나에게 메시지를 보냈다.

하이킹 코스의 풍경에 리듬감이 있어서 걷는 내내 즐겁고 기분 좋았다. 몇 번이나 멈춰 서서 심호흡을 했다. 몸 안의 지저분한 것들이 떨어져 나가는 것 같았다.

스위스

아장아장 하이킹을 마치고 목적지인 클라이네 샤이덱에 도착했다. 여기에서 또 걸어서 하산하는 사람도 있다는데 나는 등산철도로 산기슭까지 돌아갈 계획이다.

열차가 왔다. 진행 방향 오른쪽에 앉으면 아이거, 묀히가 잘 보인다는데 왼쪽에서도 잘 보였다(산이 거대하니까). 그냥 빈자리에 앉아도 된다. 30분쯤 걸려 숙소가 있는 그린델발트에 도착했다. 이번에 이용한 곤돌라와 등산철도 요금을 합치면 12,000엔 정도였다.

저녁은 뭘 먹지. 역시 치즈퐁뒤일까? 레스토랑에 들어갔다. 치즈퐁뒤가 있는지 점원에게 확인했더니 있다고 해서 주문했다. 잠시 기다리자 치즈퐁뒤가 나왔다. 치즈가 담긴 냄비와 봉긋하게 쌓인 빵. 같이 먹을 약간의 알감자와 피클이 있었다. 일반적인 치즈퐁뒤는 이런 느낌인가보다.

점장으로 보이는 다정한 여성이 테이블에 와서,

"우리 가게에 와주셔서 고맙습니다! 치즈퐁뒤는 처음이에요? 괜찮다면 먹는 법을 알려드릴게요!"

라고 영어로 말했다. 참고로 그린델발트에서는 독일어가 일반적이다. 스위스는 지방마다 공용어가 달라서 독일어 이외에도 프랑스어, 이탈리아어, 로망슈어를 쓴다.

직원에게 부탁해서 설명을 들었다. 알감자도 같이 먹는다고 한다. 치즈에 찍을 때는 냄비 아래쪽을 휘젓듯이 하는게 좋다고. 그랬더니 확실히 치즈가 덜 탔다.

먹어보았다. 이미 잘 알고 있듯이 맛있었다. 스위스에서 먹는다!라는 흥분감이 무료로 토핑되었다.

다음은 마터호른을 구경하는 하이킹에 도전이다.

마터호른이라.

영화 시작할 때 나오는 그 뾰족한 설산?

내가 아는 것이라곤 이 정도였다.

마터호른은 높이가 4,478미터라고 한다. 참고로 후지산은 3,776미터. 이번에는 등산열차로 먼저 고르너그라트 전망대에 올라가 마터호른의 장관을 감상하고, 그다음에 마터호른을 보며 짧게 하이킹하는 일정이다.

하이킹 전에 아침놀이 진 마터호른이다.

마터호른 관광의 거점은 체르마트라는 마을이다. 중심가는 기념품 가게와 레스토랑이 가득해 상당히 붐볐다. 꼭 하라주쿠 같았다. 그런데 길 너머에 마터호른이 불쑥 보이는 신비로운 광경이 펼쳐지는 거리다.

해돋이를 좋아하는 일본인이 아침놀에 물든 마터호른을 보기 위해 모이는 다리가 있는데, 일명 '일본인 다리'라고 부른다.

동트기 직전.

모처럼 왔으니 일본인 다리에 갔다. 이미 다리 위에 엄청난 인파가 모여 있었다. 일본인도 많은데 한국인 관광객도 많았다. 다들 기대에 찬 얼굴로 해돋이를 기다렸다.

오전 7시 2분. 마터호른 꼭대기에서 햇빛이 내리비쳤다.

마치 촛불에 불이 붙은 것 같다. 상상 이상으로 아름다웠고, 다 같이 감탄하며 보는 것도 왠지 즐거웠다.

체르마트에서 며칠 여유를 부릴 수 있다면 창 너머로 마터호른이 보이는 호텔에 묵어도 좋겠다. 아침저녁으로 아름다운 마터호른을 베란다에서 바라보다니 멋지잖아. 내 투어 여행 숙소는 역 근처 호텔이었는데, 편리하긴 해도 창 너머로 마터호른을 볼 수 없었다. 체르마트는 환경 보호를 위해 휘발유 차량 출입이 금지여서 거리를 달리는 것은 작고 네모난 전기 자동차다. 장난감 거리 같았다.

마터호른 해돋이를 즐긴 뒤, 아침 먹기 전에 등산철도 티켓을 사두기로 했다. 낮에는 역 매표소가 굉장히 붐빈다고 한다.

고르너그라트 전망대로 가는 등산철도는 체르마트역 건너편에 있었고 영어로 '고르너그라트 밴'이라고 적혀 있었다.

아침 일찍부터 열차가 다니는데 직원이 상주하는 매표소는 아직 열지 않았다. 대신 몇 대 있는 발권기에서 티켓을 살 수 있었다. 영어 버튼을 선택해 고르너그라트 전망대까지 왕복 티켓 버튼을 누르고 지불. 신용카드는 터치 결제만 가능했는데 내 카드는 그게 안 돼서 스위스프랑으로 냈다. 고르너그라트역까지는 편도 33분. 가격은 시기에 따라 달라지는데 왕복 티켓은 약 19,000엔이었다. 발권기 근처에서 만난 일본인 남학생들이 "학생에게는 너무 부담스러운 금액이에요"라고 한탄했다.

마터호른 하이킹 전에 체르마트에서 금방 다녀올 수 있는 수네가 파라다이스 전망대에 갔다. 투어 여행에 포함이어서 다 같이 인솔자를 졸졸 따라갔다.

체르마트역에서 10분쯤 걸어가자 케이블카 승강장이 있었다. 거기에서부터 겨우 5분 만에 전망대에 도착했다.

자, 마터호른이 짜잔!

hiking course 2
하이킹 코스 2

마터호른

이번 하이킹 코스

고르너그라트

로텐보덴   리펠베르크

수네가
파라다이스   (케이블카)   (등산열차)

체르마트

케이블카로
겨우 5분.

가까워~

수네가 파라다이스

수네가 파라다이스 전망대.
체르마트에서 케이블카로 금방.

전체적으로 풍경이 아름답게 펼쳐졌다. 이 전망대에서 볼 수 있는 산은 마터호른 이외에 몬테로사, 브라이트호른이 있다. 나는 뭐가 뭔지 도무지 몰랐지만 아무튼 저 멀리 마터호른이 보이는 절경이다. 이런 곳까지 케이블카로 겨우 5분 만에 올 수 있다니 스위스의 관광 저력은 대단하다. 여행에 지친 사람이라면 하이킹은 됐고 이걸로 충분하지 않나 싶게 풍경이 훌륭했다.

오전 투어는 이것으로 종료. 전망대에서 해산이다. 이후로는 각자 알아서 세운 계획으로 움직였다. 마터호른에 더 가깝게 접근할 수 있는 전망대인 '마터호른 글레이셔 파라다이스'까지 간다는 부부도 있었다.

수네가 파라다이스 전망대에는 카페도 있어서 나는 잠시 커피 타임. 커피잔 위에 마터호른이 뜨도록 카메라로 찍었는데 초점이 나갔다.

케이블카로 산기슭까지 내려왔고, 도중에 괜찮은 빵집이 있어서 점심용 샌드위치를 샀다. 드디어 등산철도를 타고 고르너그라트 전망대로.

매표소 앞에 긴 줄이 생겼다. 이른 아침에 발권기로 티켓을 사뒀으니 척척 개찰구를 지났다.

고르너그라트 전망대로 가는 등산철도는 오른쪽 자리가 좋다고 한다. 마터호른이 잘 보여서 승차할 때 오른쪽 쟁탈전이 벌어진다고 들었다. 분위기가 어느 정도는 살기등등했다. 나는 줄을 선 시점에서 이미 뒷자리여서 타자마자 바로 왼쪽 빈자리에 앉았다.

정말로 오른쪽은 마터호른이 잘 보였다. 처음에는 사진을 찍으려고 일어선 사람들 등만 보였는데, 경치에 익숙해지자 다들 차분해져서 결국 어디에 앉든 잘 보였다. 애초에 창도 거대하다.

약 30분이 걸려 고르너그라트역에 도착. 전망대가 널찍했다. 웅장하다. 게다가 마터호른이 가까웠다. 바로 눈앞에 있는 느낌이었다. 빙하도 보였다. 고르너 빙하, 그렌츠 빙하. 눈이 쌓인 것처럼 보이는데 빙하인가보다.

레스토랑과 기념품 가게도 있어서 여기가 정말 해발 3,131미터인지 신기했다. 스위스 관광지는 어딜 가도 화장실이 깨끗해서 새삼 감탄하게 된다.

스와치도 팔고 있었다. 세계적으로 유명한 스위스의 시계 브랜드다. 모처럼 여기까지 왔으니 나를 위한 선물을 사 보실까. 마터호른이 그려진 한정 스와치를 샀다.

"차고 갈게요!"

바로 팔에 찼다.

이 시계를 차고 다녔더니 쇼핑할 때 종종 스위스 점원이 "시계 멋지네요!"라고 말을 걸곤 했다.

마터호른을 바라보며 산기슭에서 산 샌드위치를 먹었다. 배가 고플 텐데 많이 먹지 못하는 건 고도가 높은 탓일까? 억지로 먹는 대신에 수분만은 충분히 섭취하고 드디어 하이킹이다. 참고로 스위스는 수돗물을 그대로 마실 수 있다. 알프스의 물이다. 아침, 호텔에서 물통에 수돗물을 받으면 되니까 따로 살 필요가 없었다.

로텐보덴에서 리펠베르크까지 가는 초보용 하이킹 코스.
작은 호수에 비친 거꾸로 선 마터호른.

하더클룸 전망대. 마을에서 케이블카로 약 10분.
금방 갈 수 있어서 놀랐다.

그린델발트. 거리에서 거대한 아이거가 보인다.

물가가 비싼
스위스

비싸!

스위스 명물 레티슈. 가늘게 썬 감자를
바삭바삭하게 구웠다.

치즈퐁뒤도
고급입니다

빵

알감자

그린델발트 터미널역에서 곤돌라.
하이디의 세계!

고르너그라트 전망대를 만끽하고 다시 열차로 로텐보덴 역으로 돌아왔다. 거기에서 다음 역인 리펠베르크까지 구간을 하이킹하는 것이 초보용 코스다.

대충 한 시간쯤 걸릴까.

이 코스의 명소는 호수에 비친 '거꾸로 선 마터호른'이다.

호수는 두 군데인데, '거꾸로 선 마터호른'은 바람 없이 맑은 날에 볼 수 있다고 한다. 나는 운 좋게 거꾸로 선 마터호른을 볼 수 있었다. 걷기 시작하고 얼마 지나지 않아 첫 번째 호수가 있었는데 그것만 보고 하이킹하지 않고 돌아가는 사람들도 있었다. 힐을 신은 젊은 여자도 있었는데, 고르너그라트 전망대와 이 호수만이 목적이라면 그래도 괜찮겠다 싶었다.

호수를 뒤로하고 걸었다. 기본적으로 내리막이어서 미끄러지기 쉽다. 돌이 커서 미끄러지면 크게 다칠 것 같아서 발걸음을 주의하며 걸었다. 맨리 헨에서 클라이네 샤이덱까지의 느긋한 하이킹과는 다르게 긴장감을 느꼈다.

마터호른은 아름다웠다. 비슷한 구도인데도 사진을 몇 장이나 찍을 수밖에 없었다. 중간부터는 마터호른이 등 뒤에 위치해서 경치가 조금 아쉬워진다. 반대 방향에서 오는 편이 경치를 즐길 수 있는데, 다만 오르막이라 그건 그것대로 힘들겠지. 내 취향으로는 맨리 헨에서 클라이네 샤이덱 하이킹 코스가 단연코 즐거웠다.

리펠베르크역에 도착해 등산철도를 타고 체르마트로 돌아왔다. 티켓에 시간이나 자리 지정이 없어서 타고 싶을 때 타면 된다. 돌아올 때는 마터호른이 잘 보이는 쪽에 앉았으나 꾸벅꾸벅 졸았다. 다른 사람들도 많이들 자고 있었다. 다들 배부르도록 만끽했겠지.

이렇게 스위스 여행의 목적인 두 번의 하이킹을 마무리했다.

스위스.

어린 시절 〈알프스 소녀 하이디〉를 보고 동경했던 곳. 한 편의 애니메이션이 이렇게 멀리까지 어른인 나를 데려왔다.

오사카

기쓰네 우동과 고기만두

번쩍거린다

용무가 있어서 오사카에. 신칸센을 타고 정오가 지나서 신오사카에 도착했다. 지하철로 갈아타 난바역으로. 호텔에 짐을 맡기고 서둘러 간 곳은 '우사미테이 마쓰바야'. 오래된 우동집이다. 전에 히라마쓰 요코 씨가 에세이에서 이 가게를 언급해서 나도 꼭 가보고 싶었다.

주말의 에비스바시스지 상점가는 축제 날처럼 붐빈다.

외국인 관광객이 즐거워하며 천천히 걸어 다니고 에비스 다리 위에서는 글리코 간판 앞에서 한쪽 다리를 든 예의 그 유명한 포즈를 취한다. 많은 사람들이 기념사진을 찍고 있었다.

우동집은 상점가에서 조금 떨어진 골목에 있었다. 하얀 포렴과 세월이 느껴지는 '영업 중'이라는 나무 팻말. 딱 보기에도 맛있을 것 같은 가게 풍경이다.

포렴을 지나 들어갔다. 세로로 긴 아담한 가게. 주방 앞 테이블 자리가 비었다.

"기쓰네 우동과 지쿠와 튀김 주세요."

몸에 배었을 오사카 사투리가 왠지 어색했다. 묘하게 억양이 과한 사투리가 나왔다.

기쓰네 우동과 지쿠와 튀김이 나왔다. 튀김은 큼직했다.

우동 국물을 한 모금. 달다. 이 달짝지근함이 맛있다. 처음 온 가게인데 간사이다운 단맛이어서 그리움이 차올랐다. 우동은 폭신하고 부드러웠다. 그래, 역시 이렇게 부드러

워야지! 이것 역시 그리웠다. 튀김 간은 달지 않고 산뜻했다. 맛국물과 조합이 신선했다.

벽의 메뉴에 '오지야 우동'이라고 적혀 있었다. 뭔지 궁금했는데 뒷자리에 앉은 여성이 "오지야 우동(어묵, 채소 등의 고명과 밥이 면과 함께 들어 있는 우동 - 옮긴이) 주세요" 하고 주문하는 소리가 들렸다. 다음에는 저걸 시켜야지. 음악을 따로 틀지 않아 주방 소리만 들리는 것이 기분 좋았다. 매우 만족스러웠고 천 엔을 내자 거스름돈이 있었다.

시간이 조금 남아 아메리카무라를 둘러보았다. 고등학생 시절, 아르바이트 월급을 받았을 때마다 친구와 함께 옷을 사러 온 곳이다. 아메리카무라라는 이름은 70년대 미국에서 수입한 중고 옷을 판 것이 유래라고 한다.

아메리카무라의 산가쿠 공원도 건재했다. 자그마한 광장으로, 특별히 뭔가 하는 곳은 아니고 이 산가쿠 공원을 기준으로 삼아 아메리카무라의 가게들 위치를 파악할 수 있다. 지금은 외국 투어 여행객들이 잠시 쉬어 가는 장소로,

다들 다코야키나 편의점 주먹밥을 맛있게 먹고 있었다.

이후 볼일을 마치고 저녁에 다시 미나미로 돌아갔다.

자, 저녁은 어떻게 하지?

"고기만두 먹을까?"

동행한 남자친구와 함께 '551 호라이' 본점에. 1층의 포장은 줄이 길었는데 2층 레스토랑은 의외로 바로 들어갈 수 있었다.

배가 그렇게까지 고프지 않아서 고기만두 두 개와 소고기 된장볶음 크레이프, 기본 반찬인 또우츠 소스 오이무침 등을 가볍게 시켰다.

"고등학생 때 친구랑 오면 고기만두만 시켜서 먹었어."

이런 추억담도.

정식을 먹는 사람이 몇 명 있었다. 혼자 여행에도 잘 어울리겠다 싶었다.

따끈따끈 큼지막한 고기만두가 나왔다. 겨자를 찍어 야금야금. 본가에 갈 때면 가끔 엄마가 사 오는데, 레스토랑에서 갓 만든 만두는 역시 별미다. 또우츠 소스 오이무침의 오이가 아주 차가웠는데 맛있어서 중독될 것 같았다.

식사를 마치고 에비스 다리 주변을 걸었다. 밤에는 사람이 더 많았고, 번쩍번쩍 빛나는 네온과 화려한 간판 아래를 걷는데 마치 게임 속에 들어온 것 같았다.

사격장이 있었다.

어디 해보실까.

코르크 총. 일곱 발에 500엔. 호흡을 가다듬고 조준해서 과자 상자를 맞췄다. 손쉽게 과자 네 상자를 얻었다.

내 재능, 이거였구나? 라이플 사격 같은 거. 이미 올림픽에 나갈 나이를 지나서 아쉬웠다.

오사카

오사카 난바
에비스 다리.

일단
글리코 포즈로
사진

항상
생각하는
건데

이 다리

몇 명까지
올라와도
되지?

인파 꽉 참

나라

동경하던 나라 호텔에

선베이
있는데

　예전에 혼자 여행을 와서 나라 호텔의 카페를 이용한 적이 있는데, 그때 언젠가 여기에 묵고 싶다고 생각했었다. 마침 벚꽃 피는 계절에 예약을 잡았다.

　긴테쓰 나라역에 도착해 무료 셔틀버스를 타고 호텔로.

　나라 호텔. 외관은 전통적인데 안에 들어가면 빨간 융단이 깔린 큰 계단이 나온다. 화양절충(일본식과 서양식을 접목

한 것-옮긴이)이 멋지다. 저 위까지 뚫린 천장에 고풍스러운 전등이 달려 있었다.

체크인하기에 아직 일러서 짐을 맡기고 다시 거리로 나갔다. 나라 호텔을 나오면 앞에 성 라파엘 교회로 내려가는 계단이 있고, 쭉 빠져나가면 기념품 가게와 음식점이 있는 '나라마치'가 나온다.

나라라면 역시 감잎 초밥이다. 가이드북에 실린 '히라소 나라점'으로. 창업 160년, 소설가 다니자키 준이치로도 다녔던 가게라고 한다.

점심때여서 잠깐 기다렸다가 테이블 자리에 앉았다. 안쪽에 좌식 자리도 있었다. 감잎 초밥 세 점과 따뜻한 미와소면, 튀김 세트를 주문했다.

감잎 초밥은 큼지막한 감잎을 벗기는 것이 역시 재미있다. 적절하게 시큼한 맛이다. 고등어도 연어도 비릿하지 않고 먹기 편해서 생선을 좋아하지 않는 사람도 괜찮을 것 같다.

그리고 오랜만에 먹는 따뜻한 소면.

나는 따뜻한 소면을 좋아했었지!

새삼스레 생각했다. 앞으로는 자주 만들어 먹어야지.

점심을 먹고 느긋하게 걸어 사찰 고후쿠지와 도다이지로. 세계유산을 도보권으로 갈 수 있다는 점이 멋지다. 오랜만에 온 나라 여행에 감동했다.

높이 15미터. 도다이지의 거대한 대불. 커다란 것을 올려다볼 때 기분 좋은 것은 심호흡하는 자세와 비슷하기 때문일지도.

대불상 뒤로 빙그르르 돌아간 곳에 사람들이 모여 있었다. 기둥에 뚫린 구멍을 지나가려는 줄이었다. 기둥 구멍은 대불의 콧구멍과 같은 크기인데 초등학교 소풍 때 선생님이 거길 지나가면 머리가 좋아진다고 하자 일부 남학생들이 후다닥 지나가서 부러웠던 기억이 있다.

어른이 되어 보니 구멍은 생각보다 작았는데, 외국인 관광객(주로 어른들)이 지나가려고 안간힘을 썼다.

나라 공원에는 당연히 사슴이 있다. 잔뜩 있다. 그런데 사슴에게 주려고 산 센베이를 전혀 먹어주지 않았다. 이날은 일요일이어서 아침부터 관광객이 하도 주는 바람에 사슴도 배가 불렀나보다.

첫날 관광을 마치고 나라 호텔로 돌아가 체크인했다.

중후한 프런트. 목제 받침대가 조청 같은 색으로 번쩍거렸다. 1층 안쪽에는 아인슈타인이 연주했었다는 피아노가 전시되어 있었다. 작은 피아노였다. 어떤 곡을 쳤을까?

본관 객실은 벽이 하얗고 심플한 인테리어로, 창가에 작은 테이블과 의자가 있었다. 융단은 연둣빛. 천장에는 경단 같은 동그란 전등. 고풍스럽고 산뜻해서 마음이 차분해지는 방이었다.

저녁은 호텔의 일식을 예약했는데, 의외로 술집 같은 분위기여서 마음 편했다. 정성 가득한 코스 요리를 부담 없이 먹을 수 있다. 메인 다이닝 '미카사'에서는 프랑스 코스를 먹을 수 있는데, 연회장처럼 호화로운 레스토랑이다. 참고로 조식은 이 '미카사'에서 일식과 양식 중에 선택할 수 있고 대부분 일식을 선택했다. 녹차죽이 유명하다고 해서 나도 먹었는데, 향이 그윽하고 또 먹고 싶을 정도로 맛있었다.

야마토의 아침은 차죽으로 밝아진다.

이런 말이 있을 정도로 차죽은 나라에서 친숙한 음식이다.

나라 여행 둘째 날은 가스가타이샤에. 숲속 참배길. 일요일과 다르게 월요일의 사슴들은 사슴 센베이를 먹어주었다. 뒤를 쫓아올 정도로 열정적으로 달라고 했다.

나라 사슴은 먹이를 달라고 인사한다. 그 몸짓이 귀여워서 몇 번이고 반복해서 인사를 시키는 사람도 있다. '빨리 센베이 좀 줘라'라고 생각하게 된다.

사진으로 자주 보는 가스가타이샤의 붉게 옻칠한 아름다운 복도. 문 앞의 수양벚나무가 만개했다.

가스가타이샤를 나와 마지막 즐거움. 요시노 혼쿠즈다.

가이드북에 실린 '요시노쿠즈 사쿠라'에 갔다. 안쪽 다다미 방에서 중정을 구경하며 기다리기를 몇 분. 구즈모찌가 나왔다. 칡으로 만든 떡이다. 함께 나온 콩가루와 흑밀(흑설탕을 녹이고 끓여 불순물을 제거한 달콤한 시럽-옮긴이)을 탱글탱글한 구즈모찌에 뿌려 먹었다. 차갑다. 딱 적당한 탄력. 너무 맛있어서 추가로 구즈키리(칡가루 반죽을 익히고 길쭉하게 자른 과자-옮긴이)도 주문했다. 이쪽은 씹는 맛이 있는데 삼킬 때는 또 부드러웠다. 전부 맛있었는데 나는 구즈모찌파다.

좋아하는 칡을 먹고 짧은 나라 여행을 마무리했다. 볼거리가 많은데 복작복작하지 않고 거리감이 가깝다. 왠지 나라에 빠질 것 같다.

긴테쓰 나라역에서 교토까지는 인터넷으로 예약한 관광 특급 '아오니요시'를 탔다. 우아한 보라색 열차를 타고 여유로운 차내에서 창밖을 즐겼다.

"이대로 계속 타고 싶다……."

여유를 즐길 새도 없이 30분 만에 교토에 도착. 신칸센을 타고 도쿄로 돌아갔다.

가스가타이샤의 사슴 길흉 제비.

나라

동경하던
나라
호텔.

묵었다~

일본 클래식 호텔
모임에 가맹한
9개 호텔.

전부
묵어보고
싶어♡

닛코 카나야 호텔
후지야 호텔
만페이 호텔
도쿄 스테이션 호텔
나라 호텔

여기까지
묵어
봤어요.

가마고리 클래식 호텔
호텔 뉴그랜드
가와나 호텔
운젠 관광 호텔.

앞으로 4개!
언젠가는!

오카야마 · 구라시키

수수경단으로 도깨비 퇴치

수수경단
적절한 단맛~

구라시키, 엄마와 함께한 여행.

우선 신칸센으로 오카야마역에. 선물을 사는 게 여행 목적이 아닌가 싶게 선물을 좋아하는 엄마를 위해 곧바로 오카야마역 구내의 선물 코너를 정찰했다.

오카야마는 '기비 당고', 즉 수수경단이 유명하다. 매장을 차지한 면적이 어마어마했다. 모모타로의 귀여운 일러스트가 그려진 상품이 진열되었다. 작은 사이즈부터 큰 상자까지.

"선물은 집에 갈 때 여기에서 살 수 있으니까 안심해요."

엄마는 내 말을 듣고 안심했다.

오카야마역 신칸센 개찰구 근처에 짐을 호텔까지 보내주는 유료 서비스가 있었는데 우리가 묵는 호텔도 대상이어서 캐리어를 맡겼다. 순식간에 몸이 가뿐해져서 보통열차로 갈아타 구라시키역으로 갔다.

차내에 구라시키로 가는 외국인 관광객도 드문드문 있었다. 평일이어서 이 지역의 고등학생들도 있었다. 스마트폰을 보고 있는 고등학생들을 보면, 내가 고등학생일 때 스마트폰이 있었다면 어땠을지 상상하게 된다. 밤에 이불 속에서 학교 이야기나 좋아하는 선배 이야기, 장래 희망을 말하는 것도 참 즐겁겠지.

보통열차를 타고 20분에 못 미쳐 구라시키역에 도착했다. 관광명소인 비관 지구까지는 엄마와 느긋하게 걸어서 20분쯤.

"평소와 다른 곳에서 사면 될지도 몰라."

도중에 엄마가 복권을 샀다.

구라시키강이 보였다.

하얀 벽이 이어지는 거리 풍경. 흔들리는 신록의 느티나무. 수학여행 중인 남학생들이 마시는 파란 음료(라무네인가?)까지 아름다웠다.

점심은 오하라 미술관 맞은편 '기유테이'에서. 메이지 시대에 세워진 기와집 양식 레스토랑이다. 엄마는 런치 세트. 나는 돈가스 카레. 점심을 먹고 구라시키 비관 지구를 관광했다. 하필 바람이 많이 불어서 배를 타고 구라시키강을 둘러보는 '구라시키강 나룻배'는 운행하지 않았다.

기념품 가게를 들락날락하며 거리를 산책했다.

'구라시키 민예관'에도 갔다.

민예. 야나기 무네요시가 중심이 되어 사람들의 실생활에 쓰인 생활 도구에서 아름다움을 끌어내 민예라고 이름을 붙인 운동이다.

오카야마 · 구라시키

엄마가 신기한 듯 말했다.

"이런 걸 왜 보니?"

엄마가 어렸을 때 집에 당연히 있던 대나무 바구니나 장롱이 전시품이었다.

"엄마, 요즘은 이런 옛날 물건을 돈 내고 감사한 마음으로 구경해."

그러자 "정말?" 하고 놀랐다.

"이 도롱이, 할아버지가 손수 만들어서 눈 오는 날 입으셨어."

엄마가 갑자기 민예를 소개했다.

"이건 밥을 담는 거."

장식인 줄 알고 보던 귀여운 바구니의 용도를 들었을 때, 문득 어린아이였던 엄마를 상상했다.

관광을 마치고 호텔에 체크인했다. 오카야마역에서 맡긴 짐이 이미 와 있었다. 중년 이상 연배의 여행은 무거운 것을 최대한 들지 않고 여행하는 것이 핵심이다.

저녁은 호텔 레스토랑에서. 저녁을 먹은 후에는 산책을 겸해 구라시키 강변의 불 들어온 비관 지구를 보러 갔다.

강 수면에 비치는 오래된 거리 풍경. 그것을 엄마가 자기 스마트폰으로 찍는 모습을 나는 분명 잊지 않을 것이다.

다음 날, 아침을 먹은 다음 엄마는 방에서 쉬라고 한 뒤 어제 강풍으로 타지 못했던 나룻배를 예약하러 갔다. 오픈 전인데 구라시키 관광안내소에 이미 길게 줄이 섰다. 다들 배를 예약하러 일찍 온 것이다.

어떡해, 늦었어!

그래도 아슬아슬하게 오전 중 예약을 잡고 호텔로 돌아와 체크아웃. 프런트에 짐을 맡기고 선착장으로 갔다.

배를 탔다. 여섯 명쯤 승선했을까. 희망자는 삿갓을 빌려서 쓸 수 있었는데, 다들 신나 하며 썼다. 물론 우리도 썼다. 바로 뒷자리는 외국에서 혼자 여행 온 청년. 사진을 부탁하자 구도를 바꿔가며 몇 장이나 찍어주었다.

"쌩큐, 쌩큐!"

오카야마·구라시키

카메라를 받아 가방에 넣으려고 했는데, 그가 찍은 사진이 괜찮은지 확인하라고 말했다(제스처로). 확인했더니 예쁘게 잘 찍혔다.

"오케이! 쌩큐!"

고맙다고 하자 그가 안심했다.

"나도 찍어줄까요?"

어설픈 영어로 물어보았다. 자기 사진은 필요 없다고 했다. 나도 혼자 여행할 때 내 사진은 필요 없다. 그의 마음을 이해했다.

작은 나룻배가 구라시키강을 나아갔다. 사공의 설명을 들으며 해안을 걷는 사람들에게 손을 흔들고 20분 정도로 종료. 구라시키 비관 지구는 신랑 신부의 사진 촬영 장소로도 인기여서 화사한 기모노를 입은 신부와 정장 하오리를 입은 신랑이 여기저기 보였는데, 사람들이 "축하해요!"라고 말을 걸어서 수줍어했다.

구라시키는 아담한 관광지여서 고령자의 여행에 알맞은

사이즈다. 나룻배 유람도 일단 타면 사공의 설명이 재미있으니까 탈지 말지 망설일 때는 타는 것을 추천한다.

집으로 가는 길, 오카야마역에서 엄마가 이웃에게 줄 선물로 대량의 수수경단을 샀다.

"도깨비 퇴치가 가능하겠어."

그 모습이 귀여워서 웃음이 나왔다.

(수수경단과 비슷한 기비 당고는 일본의 전래동화 '모모타로'에도 등장하는 음식이다. 모모타로가 도깨비를 퇴치하러 갈 때 힘의 원천으로 삼으려고 챙겨갔다 - 옮긴이)

오카야마·구라시키

마무리를 대신해

2024 여름

도쿄역에서 산 도시락을 먹고

바다 다.

사피르 오도리코호를 타고 도쿄에서 이토로.

도중 화장실에 가다가 6인실이 언뜻 보였는데

오.

전 좌석 지정제인 관광열차이고 개인실도 있어서

매표소

사피르 오도리코 개인실요!

한 시간 반 정도의 가까운 거리지만 여행 기분을 만끽할 수 있습니다 (한 달 전에 티켓을 살 수 있음).

동창회? 즐겁겠다!

70대 정도의 남성분들이 즐겁게 대화 중이었습니다.

셔틀버스

정오를 지나
이토역에 도착해
클래식 호텔
'가와나 호텔'로.

가와나 호텔

영화
같은
벽난로!

크
다~

클래식 ♡

완전

외관에서는
'클래식'이
느껴지지
않는데 안으로
들어가면….

바도
있다.

골프 코스가
있어서
골프 손님이
많고
온천도 있다.

무알코올
칵테일 마시기

거대한
로비가
어찌나
중후한지!

카페 '선팔러'의
과일 롤케이크는
요구르트
풍미여서
맛있고

조식(양식)을 먹는 메인 다이닝의 은식기가 번쩍번쩍했다.

이토라면 하토야잖아요?

그래..

하토야에 묵자!

주륵

좋은 구경 했다.

가와나 호텔

주륵

하토야는 휴관일이어서 선하토야 호텔로.

선하토야

진짜? 어쩌지.

1박을 하고 이토역에 도착했더니 날씨 문제로 열차 운행 정지여서

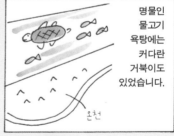

명물인 물고기 욕탕에는 커다란 거북이도 있었습니다.

온천

앗

하토야 사브레

매점에는 하토야 굿즈가.

볼펜을 샀지.

바다가
보이는
복고풍
방
(서양식
이었어요).

카페에서
'지층 카페라테'
café
·321
사진 찍기
좋은 곳이어서
인기가 있었어요.

리프트
탈 수
있네.
다음 날은
날이 화창하고
열차도 움직여서
돌아가기 전에
고무로산 관광.

지구라는
별
위에서
여행
하기.

오오
이토역에서
버스로
리프트
승강장까지
가서 고무로산
정상으로.

그래도.
우주 전체로
보면 전혀
움직이지
않는
수준이지만

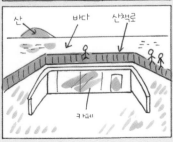
산   바다   산책로
카페

여행은
좋구나.

멀리도 가까이도
느긋한 여행

초판 1쇄 2025년 6월 10일

지은이 마스다 미리
옮긴이 이소담
펴낸이 이나영
펴낸곳 북포레스트
출판등록 제406-2018-000143호
전화 031-948-5640
메일 bookforest_@naver.com
인스타그램 @_bookforest_
ISBN 979-11-92025-23-0 03830

CHIKAKUMO TOKUMO YURURI TABI
by Miri MASUDA
© Miri MASUDA 2024, Printed in Japan
Korean translation copyright © 2025 by Bookforest

First published in Japan by GENTOSHA INC.
Korean translation rights arranged with GENTOSHA INC.
through Imprima Korea Agency.